Kulkulupa

Heta Kurki

Kulkulupa

Avatut ovet

2. korjattu painos
© 2016 Heta Kurki

Kustantaja: BoD™ – Books on Demand, Helsinki, Suomi
Valmistaja: Books on Demand GmbH, Norderstedt, Saksa
ISBN 9789523304512

MIELIPIDE:

"MÄÄRÄAIKAISET VIRKASUHTEET VOISIVAT VÄHENTÄÄ TYÖPAIKKAKIUSAAMISTA. VAKINAISISSA VIROISSA OLEVAT KIUSAAJAT TIETÄVÄT, ETTÄ HEITÄ ON VAIKEA - LÄHES MAHDOTON - IRTISANOA, MINKÄ VUOKSI HE VOIVAT JATKAA MELLASTAMISTAAN LÄHES VAPAASTI."

<u>MIELIPIDE</u> 20.3.2016 2:00
Helsingin Sanomat

Heikot ovat julmia, lempeyttä voi odottaa vain voimakkailta *(tuntematon)*

1. osa

Meidän aikanamme ne, jotka eivät ole ovelia ja häikäilemättömiä, jotka eivät käytä rohkeasti ja kursailematta kyynärpäitään, ovat hukassa. *(Jorge Amado)*

Keski-ikäinen nainen avasi rakennuksen ulko-oven vilauttamalla kulkulupaansa. Talo oli vanha kellertävä kivirakennus, ei se ihan Engelin piirtämä tainnut olla, mutta juhlallisen näköinen kuitenkin. Itse asiassa se muodostui kahdesta eri aikoina rakennetusta rakennuksesta. Valtiolla oli paljon omaisuutta ja tämä vanha rakennus oli osa kiinteistöomaisuutta. Nainen kapusi portaat toiseen kerrokseen, kääntyi käytävällä oikealle ja meni sisään rakennuksen vanhempaan osaan, jossa hänen työhuoneensa sijaitsi. Ulko-oven aukaiseminen ja sisääntulo pimeään aulaan olivat hänelle suurta nautintoa. Hän ei uskaltanut kertoa sitä kenellekään, häntä olisi pidetty entistä omituisempana. Hän nimittäin tunsi itsenä jotenkin tärkeäksi avatessaan arvokkaan rakennuksen oven. Hän nuuhki eteishallissa aistittavia, hänen mielestään, miellyttäviä tuoksuja: pölyn, kuivan ilman ja homeen sekoitusta, joka toi mieleen kirjaston tai arkiston.

Aamuisin, töihin tullessaan nainen oli onnellinen, eikä painava ovi ollut raskas avata. Onnen tunne jatkui naisen päästyä työhuoneeseensa. Huone oli pieni, mutta siinä oli parkettilattia ja arvokkaat tummat kalusteet. Ikkunasta näki vastapäiseen puistoon. Koskaan aikaisemmissa työsuhteissaan hän ei ollut istunut sellaisissa työtiloissa, eikä katsellut sellaisia näkymiä. Nainen laittoi takin vaatekaappiinsa ja vaihtoi jalkaansa sisäkengät. Hän hymyili muistaessaan lukeneensa, kuinka eräs sodanaikainen ministeri, jota kuitenkin kuvattiin huumorintajuiseksi ja suuripiirteiseksi johtajahahmoksi, oli menettänyt työhalunsa ja terveytensä jouduttuaan istumaan pienessä kahdentoista neliön huoneessa. Mies kun oli tottunut teollisuusjohtaja-aikoinaan hallitsemaan alaisiaan suurista kulmahuoneista nahkakalusteineen. Tietysti olihan sota-aika stressaavaa poikkeusaikaa muutenkin, tuskin pieni huone pelkästään aiheutti terveyden menetyksen. Ero entiseen elämään oli vain ollut liian suuri, liian monella tavalla, silloin sodan aikana.

Naisen terveys puolestaan oli horjunut pitkään kestäneen työttömyyden takia, joten työpaikka pienine työhuoneineen oli hänelle toiveiden täyttymys. Olisi hän tyytynyt vähempäänkin. Huoneessa tuntui sama pölyn ja homeen haju, kuin ala-aulassakin. Hän tiesi kyllä, että huone ei saanut häntä voimaan paremmin, vaikka hän pitikin siitä niin paljon. Erinäisten mittausten mukaan ilmassa oli hometta ja ties minkälaisten sienten itiöitä, mutta ainahan kaikessa hyvässä oli haittapuolensa, ei sille voinut mitään. Nainen oli lukenut, että sisäilma voi olla jopa kaksi – kolme kertaa saastuneempaa kuin ulkoilma. Joten, joutuiko hän kadulta sisään astuessaan pahemmin saasteille altistuneeksi kuin kadulla kävellessään? Luultavasti joutui.

Stressaavaa oli elämä, myös työelämä, 2000 - luvullakin, kun sodasta oli kulunut jo vuosikymmeniä. Kahvikuppia ei ehtinyt nenänsä alle hakea, ennen kuin puhelin alkoi soida ja virkamiehet kyselivät hänen työtovereitaan ja esimiestään, joiden paikalle tulosta ja läsnäolosta hänellä ei ollut riittävästi tietoa. Kansalaisetkin soittivat ja kysyivät kaikenlaista maan ja taivaan välitä. Jotkut olivat tyytyväisiä, kun vain saivat puhua asioistaan ja ongelmistaan, eivätkä edes halunneet, että puhelua siirretään osastolle, jossa varsinaiset asiantuntijat istuivat. Puheluja tuli ruotsiksi ja englanniksikin ja nainen selviytyi niistä parhaan kykynsä mukaan. Ylevä periaate oli: "Valtionhallinto palvelee kansalaisia". Kaikki ei aina sujunut periaatteen mukaan. Tosiasia oli, että valtionhallinto kattoi jo huomattavan osan maan taloudesta ja sen osuus kasvoi edelleen. Tämän perusteella olisi luullut, että jokaiselle kansalaiselle löytyisi vastauksia kysymyksiin helposti. Mutta, jos asenne oli, että "kyynisyys pukee virkamiestä, eikä kaikkien kyselyiden takia kannattanut ruveta höseltämään", niin ei sellainen naisen mielestä ollut kovinkaan palvelualtista Olihan hänellä itselläänkin kokemuksia valtiolta saadusta palvelusta ja tuesta työttömyysvuosiltaan. Hän oli tullut toimeen hyvin vähällä turvallisuuden tunteella.

Sensijaan virkamiehenä oli turvallista olla, koska tavallisen virkamiehen saattoi irtisanoa vain virkavirheen perusteella. Kun teki mahdollisimman vähän, ei tehnyt virheitäkään, sehän oli hyväksi havaittu toimintamalli jo aikojen alusta asti. Virheitä ei olisi saanut tulla, mutta tulihan niitä joskus kuitenkin, sillä valtion hommissa aika oli voimavara, joka oli törkeän väärinkäytön kohde. Aikaa tuhlattiin vastuun välttelyyn ja lukuisien kokouksien ja palavereiden pitoon, joiden osallistujat vain näpläsivät kännyköitään ja odottivat tilaisuuden päättymistä. No, saihan niissä työsuhde-etuna kahvit ja pullat, ehkä hedelmiä ja joskus lounaankin. Varsinaiseen asioiden käsittelyyn jäi siten työpäivinä varsin vähän aikaa ja kiireessä tehtiin virheitä.

Sekalaisten työvuosien jälkeen, nainen oli jäänyt 1990 - luvun laman aikana työttömäksi. Hän oli jo menettänyt toivonsa työpaikan löytymisestä ja ajatellut, että tulevaisuus kuluisi harmaassa eläkeputkessa, sitten kun sinne pääsisi, hamaan eläkeikään asti. Joskus kuitenkin tuli valon pilkahduksia synkimpäänkin harmauteen. Hän oli saanut määräaikaisen toimistotyöpaikan tiedonjulkistamis- ja kulttuuriministeriöstä, josta käytettiin lyhennettä TKM. Hakuprosessin aikana nainen oli ollut varma, ettei häntä hyväksyttäisi, mutta niin vain kävi, että kahden haastattelukerran jälkeen määräaikainen paikka oli hänen. Ensimmäisen työpäivän koittaessa hän oli mennyt sisään peloissaan ja luimistellen, sillä hänellä oli iso mustelma kasvoissaan. Se ei ollut perheväkivallan tulosta, sillä kertaa, vaan hän oli kaatunut huteran tuolinsa kanssa erään tuttavansa puutarhajuhlissa. Kukaan ei onneksi kommentoinut vammaa, eikä hän ruvennut selittelemään. Epäilyksen siemen oli kuitenkin kylvetty esimiehen ja työtovereiden mieliin, oliko tulokas kenties alkoholisti tai väkivaltainen riehuja?

Ministeriö oli suurehko, sekä esittelijöiden lukumäärän että käsiteltävien asioiden erilaisuuden ja hajanaisuuden suhteen. Ei sitä silti muissa ministeriössä pidetty suuressa arvossa, vaan sen toimintaa pidettiin akkojen touhuiluna. TKM:n alaisuuteen kuului erilaisia virastoja, joiden pääalana oli viestintään, yhteiskunnallisiin ilmiöihin ja kulttuuriin liittyvä tutkimus. Eli kapulakielellä sanottuna: "yhteiskunnassa tapahtuneet muutokset ja niiden vaatimat tehtävät ja asiat, jotka kuuluivat valtiovallan piiriin". Ministeriön organisaatiota uudistettiin jatkuvasti, että se pysyisi ympäröivän yhteiskunnan menossa mukana. Välillä oli kaksi ministeriä, välillä taas vain yksi. Henkilökuntaa siirreltiin toimipisteestä toiseen.

TKM:n väellä oli vaikeuksia pysyä tilanteen tasalla, jotenkin yhteiskunnallinen kehitys onnistui aina yllättämään ministeriön. Sitten vielä, viranomaisten toiminnan olisi pitänyt olla avointa ja läpinäkyvää, mutta tuntui ettei demokratian vaatiman julkisuusperiaatteen merkitystä oltu ymmärretty. Sitä olisi voinut pitää ammattitaidon puutteenakin. Toisaalta, töissähän ministeriössä vain oltiin. Kautta aikojen ministeriön toimitiloja oli ollut ympäri kaupunkia, varsinkin, koska vanhaa päärakennusta remontoitiin usein. Yleensä remontit olivat edellisten remonttien korjausliikkeitä, eikä loppua työlle näkynyt. Korjaustyöt sinällään aiheuttivat jatkuvan muuttoliikkeen talon sisässä. Osastojen ja yksiköiden nimet muuttuivat jatkuvasti ja niistä käytettiin mitä ihmeellisempiä kirjainyhdistelmiä. Ministeriöllä oli sormensa sopassa monessa asiassa. Kaikesta piti toimia tiedonjulkistajana. Tai olisi pitänyt, sillä kuten sanottua, vastuuta tiedonjulkistamisesta ei haluttu antaa vain yhdelle ministeriölle. Lehdistö ja sen mukana muu media hyppi silmille ja teki omia johtopäätöksiään asioista, joista sen ei olisi tarvinnut tietää mitään. Ministeriössä ei tunnuttu ymmärtävän edes mediaan vaikuttavien lakien ja säädösten kokonaisuutta, vaikka se olikin tiedonjulkistamisministeriö. Jokainen näki vain oman toimenkuvansa ja toimialansa. Vaikka tutkimusta tehostettiin jatkuvasti, kulttuurilliset asiat jäivät lapsipuolen asemaan. Ministeriöllä ei todellakaan ollut kokonaisvastuuta valtionhallinnon tiedonjulkistamisesta, vaan kaikki muutkin ministeriöt tiedottivat omiin nimiinsä omien vastuualueidensa asioista ja viestintähän oli ainoa keino vaikuttaa kansalaisiin.

Naisen nimi oli Rauha Lamanen. Hän piti omaa etunimeään hirveän vanhanaikaisena, mutta toisaalta, sehän oli aina ajankohtainen. Hän oli tullut tähän maailmaan toisen maailmansodan päättymisen jälkeen, eli hänet oli alkuunpantu rauhan solmimisen huumassa. Menneinä aikoina taloon sisään astuttaessa oli toivotettu: "Rauhaa taloon!" Kuusikymmentäluvulla taas, Rauhan nuoruusvuosina, rauha oli ollut muidenkin kuin taistolaisten huulilla. "Mir miram", sanoivat neuvostoliittolaiset. Sama sana,"mir", tarkoitti sekä rauhaa että maailmaa. Ja maailman rauhaa oli nyt haettu ja hoettu jo liki kuusikymmentä vuotta toisen maailmansodan jälkeen. Rauha oli iloinen siitä, että oli saanut elää koko tähänastisen elämänsä rauhan ajalla. Häntä edeltävinä aikona maailmansotien välinen rauhanaika kesti vain parikymmentä vuotta. Jehovan todistajat sanoivat: "Kun julistetaan maailman rauha, alkaa Harmagedonin sota". Rauha ajatteli, että nykymenolla ei Harmagedon ollut ihan heti ovella. (Nuoruudessaan hän oli yksinäisyyttään antautunut raamatullisiin keskusteluihin ovelle tulleiden Jehovan todistajien kanssa.) Aina rauhattomammaksi tuntui maailmanmeno vain menevän. Sotia ja kriisinpoikasia oli maapallon joka kolkassa ja uusia puhkesi aina lähempänä Eurooppaa.

Aloitettuaan työnsä ministeriössä Rauha ei ollut tajunnut oikeastaan mitään siitä, miten valtion virastoissa toimittiin. Ei hän edes tiennyt, mitä siinä nimenomaisessa ministeriöissä tehtiin, vaikka sanoihan nimi jo jotakin. Hän oli ajatellut, että luultavasti siellä laadittiin, tiedonjulkistamisen ohella, lakeja eduskunnan hyväksyttäväksi ja kansalaisten päänmenoksi. Myöhemmin hän oli ottanut selvää lainsäädäntökoneistosta: laeissa aloitteentekijänä oli hallitus, joka kirjasi tavoiteohjelmaansa tavoitteita, jotka usein olivat jo olleet ministeriöissä virkamiesvalmistelussa. Ministeriö, jonka toimialaan asia kuului, valmisteli lakiesityksen pykälineen. Valmistelijana voi olla työryhmä, toimikunta tai komitea. Virkamiesten valmistelulla oli merkittävä rooli päätöksenteossa. Hallitus käsitteli lakiesityksen valtioneuvoston istunnossa, josta esitykset annettiin tasavallan presidentille esittelyn kautta. Lakiesitys eteni sitten eduskuntaan, jossa se voitiin hyväksyä tai hylätä. Presidentti vahvisti eduskunnan hyväksymän lain, jonka jälkeen laki pantiin toimeen ja julkaistiin Suomen säädöskokoelmassa. Sähköinen Finlex- säädöstötietopankki oli tärkeä työväline ministeriössä.

Työryhmiä riitti joka lähtöön ja koko ajan niitä perustettiin lisää. Tiedonjulkistajille, niinkuin lainlaatijillekin oli tyypillistä kirjoittaa koukeroisia tekstejä, joista tavallinen kansalainen ei saanut tolkkua. Yhdessä virkkeessä saattoi olla viitisenkymmentä sanaa ja välimerkit päälle. Julkistamisen jälkeen tekstejä selostettiin ja kirjoitettiin niistä tiivistelmiä. "Miksei voitu kerralla kirjoittaa lyhyesti?", ajatteli Rauha maalaisjärjellään ja: "Miten lakia voi noudattaa, jos ei ymmärrä sen sisältöä, koska se on kirjoitettu, ehkä tarkoituksella, liian koukeroiseksi?" No, parannettavaa oli sekä tiedon tuottajien että vastaanottajien taidoissa. Suomessa ei osattu (tai haluttu) ilmasta hallinnollisia asioita kansankielisillä ilmaisuilla.

Aikaisemmissa työpaikoissaan Rauha oli tottunut siihen, että kun puhelimessa kysyttiin jotakin, hän yritti itse löytää vastauksen kysyjälle. Valtion virastossa asia ei kuitenkaan ollut niin, eikä hänen itse tarvinnut tietää muuta kuin sen, kenelle kysytyn asian hoito kuuluu ja yhdistää tälle. No, eihän hän alkuaikoina tiennyt, eikä puheluiden yhdistäminen läheskään aina sujunut oikein. Tultiin virastoista tuttuun kierteeseen, jossa puhelua siirrettiin yhdeltä ihmiseltä toiselle, siihen asti kunnes soittaja lopulta kyllästyi, katkaisi puhelun ja jäi ilman vastausta. Asiasta tietävää kun ei löytynyt. Tai kukaan ei tahtonut ottaa vastuuta asiasta. Rauha oli myös oppinut, että jos kopiokone meni rikki, hän itse soitti korjaajan paikalle, tai jos paperi loppui, hän tilasi sitä lisää. Niin ei saanut ministeriössä menetellä, eri kuluille oli omat määrärahansa ja momenttinsa. Rauha sai huomata, että yksikönjohtajat, myös hänen pomonsa, käyttivät saamansa määrärahat loppuun asti. Mitään ei saanut jäädä käyttämättä, ettei rahoja seuraavana vuonna leikattaisi. Tehtiin melko omituisia ja tarpeettomiakin hankintoja.

Rauhan piti opetella "sidonnaisuus, joka oli välttämätöntä valtion asioiden hoidossa". Mitään ei saanut mennä omin päin tekemään. Korjauspyyntö tai puute tuli esittää virastomestarille ja täyttää lomake esimiehen hyväksyttäväksi. Toisaalta oli hyvä, että virastomestarit auttoivat teknisten ongelmien kanssa. Tietokoneen käyttöön puolestaan sai opastusta atk-tukihenkilöiltä, joita oli useampia vielä hänen taloon tullessaan. Ohjelmien ja sovellusten käytön oppi, kun sai opastusta. Tietotekniikkaa oli laajemmin alettu hyödyntää valtionhallinnossa, Rauhalle niin ikävällä, 1990-luvulla. Kaikki tämä oli uutta. Jokaiseen virastoon tunnuttiin rakentavan omaa järjestelmää, josta ei mitä ilmeisemmin, ollut suoraa yhteyttä naapuriviraston järjestelmään. Yhteensopivuudesta ei ollut tietoakaan. Missä piileskeli tässä kehitystoiminnassa loppukäyttäjä, eli kansalainen? ihmetteli Rauha. Se, että sai vielä oppia uusia asioita työelämässä, teki Rauhan kuitenkin onnelliseksi ja tyytyväiseksi. Hän tunsi suurta kiitollisuutta siitä, että oli päässyt takaisin työelämään, eikä ollut ainakaan vielä, putoamassa eläkeputken mustaan aukkoon.

Virkanimikkeet talossa tuottivat hänelle paljon päänvaivaa, tarkastajat, neuvottelevat virkamiehet ja kaikki ylemmät viskaalit, mitä hommia he hoitivat? Rauha tajusi, että kansliapäällikkö oli ikään kuin toimitusjohtaja mutta, että poliittisesti valitut ministerit olivat puolestaan kansliapäällikön esimiehiä, se oli hänelle outoa. Ministerithän vaihtuivat ja tulivat eri puolueista, edustaen milloin mitäkin aatesuuntia. Hallinnonala oli lisäksi melko kirjava, niin ettei yksittäinen ministeri toimikaudellaan pystynyt keskittymään kuin itseään lähinnä oleviin ja itselleen tutuimpiin asioihin. Kansliapäällikön tehtävänä oli "johtaa, kehittää ja valvoa ministeriön ja sen hallinnonalan toimintaa", kielivaatimuksiksi hänelle riittivät suomen kielen erinomainen ja ruotsin kielen tyydyttävä osaaminen. Englanninkieleen oli käytettävissä kielenkääntäjiä ja tulkkeja, mikäli tarve vaati, joten sitä ei kansliapäällikön tarvinnut osata.

Rakennuksen porrastasanteiden seinät olivat täynnä ministeriön entisten ministereiden kuvia, joita Rauha usein mielenkiinnolla tarkkaili. Olihan siellä monta tuttua kasvoa. Nyt ministeriössä vaikutti kaksi ministeriä: tiedonjulkistamisministeri, joka oli Rauhan ikäinen nainen ja kulttuuriministerin pestiä hoitava nuorehko mies, joka ministeriaikanaan jäi kiinni useista rikkeistä ja naisseikkailuista.

Yleensä naisministeri kulki peräkanaa keski-ikäisen sihteerinsä kanssa, hyvässä sovussa. Kansliapäällikön kanssa rouva ministerillä oli joitakin ongelmia, mutta ne sovittiin hyvässä hengessä.

Miespuolinen ministeri taasen kulki oman poliittisen avustajansa kanssa, joka oli itsetietoinen nuorukainen, varsinainen kukkopoika. Molemmat ministerit viettivät paljon aikaa matkoilla ja eduskunnassa. Rauhassa oli vanhanaikaista herrainpelkoa, koska hän oli proletariaatista peräisin, ja siihen hän kuului vieläkin, eikä hän aina tiennyt, miten käyttäytyä arvovaltaisten henkilöiden läsnäollessa. Mutta, "ihmisiähän tässä kaikki ollaan", hän rauhoitteli itseään. Erittäinkin, koska hänkin itse omalla pienellä osuudellaan veronmaksajana ja äänestäjänä oli tavallaan näiden korkeiden poliittikkojen palkanmaksaja.

Työhuoneen ovi oli auki käytävään. Rauha oli vastannut aamun ensimmäisiin puheluihin ja ehtinyt hakea kahvikupin pöydälleen. Päivän lehdet olivat tulleet ja hän alkoi etsiä ministeriöön tai ministereihin liittyviä uutisia. Hän istui selin oveen, eikä kuullut, kuinka kansliapäällikkö, joka näytti vähän George W. Bushilta, oli hipsinyt hiljaa hänen selkänsä taakse. Julle Julkio oli vanttera viisikymppinen mies. Hänen parhaita kavereitaan ministeriön ulkopuolella olivat kaksi samanoloista ja -ikäistä herraa: sikarikas liikemies ja eräs korkea valtionhallinnon virkamies. Yhdeksänkymmentäluvun suuren laman aikana jälkimmäinen oli kunnostautunut tekemällä kansantalouden leikkauslistat, joissa "Etuja kavennettiin säätyyn katsomatta. Kaikilta vietiin rahat; lapsilta ja vanhuksilta, sairailta ja työttömiltä", oli korkea listanlaatija hekumoinut jälkeenpäin. Niinpä niin, lapsilta ja sairailta vietiin leipäkin suusta, varakkaat oli jätetty suurimmaksi osaksi rauhaan. Rauha oli kokenut työttömyyden kauhut viimeisen päälle tuona aikana, jolloin hänellä oli ollut rahaa vain muutama kymppi (markkoina) viikon ruokaostoksia varten ja vuokranmaksu myöhästyi säännöllisesti. Hän oli tajunnut vasta nyt, että kyseistä korkeaa virkamiestä hänen oli syyttäminen vuosikausien köyhyydestä ja työttömänä kitumisestaan. Hän oli luullut, että kaikki oli Iiro Viinasen syytä! Poliitikot olivat toteuttaneet kyseisen korkean virkamiehen rustaamat leikkauslistat sellaisinaan.

Kansliapäälliköstä oli hauska säikytellä naispuolisia alaisiaan. "Onkohan aamun lehdet jo tulleet", hän kysyi matalalla äänellä. Rauhan vastattua myöntävästi korkea esimies pyysi häntä etsimään jutun ministerin vierailusta Tampereen yliopiston informaatiotieteiden yksikköön ja kopioimaan sen. Rauha teki työtä käskettyä ja vei pian kopioimansa lehtileikkeen kansliapäällikön sihteerille, joka oli aina tyylikäs, hillityn miellyttävä nainen, jolla oli takanaan pitkä yhteiselo Julle Julkion kanssa. Esimies ja sihteeri olivat hioutuneet yhteen työpariksi. Väärinkäsityksiä ei heidän välilleen tullut, toisin kuin Rauhan kanssa. Kansliapäällikkö puhui niin matalalla ja hiljaisella äänellä, että usein Rauhan piti pyytää häntä toistamaan sanomansa, koska ei ollut kuullut, tai saanut selvää, mitä häneltä kysyttiin. Se oli hävettävää. Rauha oli hieman varuillaan korkean esimiehen läsnäollessa, koska tämä oli naistenmiehen maineessa. Ei miestä komeudesta voinut kehua, mutta valta komisti rumimmankin miehen. Valta veti naisia puoleensa kuin hunaja mehiläisiä, jotka humaltuivat siitä. Rauha oli mielestään jo sen ikäinen honeybee, ettei kansliapäällikön hunaja houkuttanut, varsinkin, kun hänellä itsellään oli takanaan ahdistava ja väkivaltainen avioliitto ja avioero. Olihan hän tietenkin iloinen siitä, jos hänet vielä huomioitiin naisena. Kun he tapasivat, käytävällä, kansliapäällikkö naulitsi katseensa hänen suurehkoihin rintoihinsa, kuin arvioiden kuppikokokoa. Niin hän teki kaikkien muidenkin naisten kanssa.

Eivätkä ne tekemiset katsomiseen loppuneet, mutta siitä Rauha ei halunnut tietää mitään. Eikä varsinkaan olla osallisena. Keski-iässä naisista tulee, ainakin seksuaalisessa mielessä näkymättömiä, eikä heidän elämänsä kiinnosta ketään, sen oli Rauha huomannut käytännössä. Ehkä Julle kuitenkin piti häntä vielä kellistämistä odottavana naaraana? Ja mikä keski-ikäinen hän oli? Jos tietäisi, että elää satavuotiaaksi, voisi sanoa olevansa keski-ikäinen viisikymppisenä. Ei, vanheneva ja vanhentunut nainen hän oli. Hän, eikä hänen elämänsä, todellakaan kiinnostanut monia, mutta sellainenkin elämä oli vain elettävä loppuun. Karkuun ei päässyt. Ja kylläpä he, keski-ikäiset ja vanhemmat naiset, olivat yhteiskuntaa ylläpitävä voima kunnollisina ja työtätekevinä kansalaisina.

Aloittaessaan työskentelynsä ministeriössä Rauha oli vielä ollut, vastoinkäymisistään huolimatta, iloinen vaaleaverikkö, jolla oli vain muutama liikakilo. Sanottiin mitä sanottiin, kyllä ulkonäöllä oli työhönottotilanteessa merkitystä. Tietysti mies- ja naispomot kiinnittivät huomionsa eri seikkoihin, mutta hoikkuus oli valttia. Silmälasejakaan hän ei ollut tarvinnut kuin satunnaisesti, pienten pränttien lukemiseen. Kansliapäällikön kyseltyä häneltä alkuaikoina käytävällä, miltä tuntui olla valtiolla töissä, Rauha oli vilpittömästä hehkuttanut, miten onnellinen hän oli saadessaan tehdä työtä ministeriössä! Ja, että ilmapiiri tuntui erilaiselta kuin yksityisissä työpaikoissa, vähemmän kilpailunhaluiselta ja turvallisemmalta. Miten väärässä hän olikaan silloin ollut. Asia oli selvinnyt hänelle vuosien mittaan, sitten kun hän oli jo turvonnut lähes muodottomaksi, varsinkin keskivartalosta ja kasvoista. Jalat olivat säilyneet hoikkina, vaikka olivatkin parin tunnin istumisen jälkeen kuin pökkelöt, joilla oli vaikeaa edes seistä, saati lähteä liikkeelle. Käsivarret olivat myös laihat, omasta mielestään Rauha näytti, nykyisessä ilmiasussaan, härkäsammakolta tai muulta luomakunnan hirvitykseltä. Läskirengas vyötärön ympärillä laski ennestäänkin huonoa itsetuntoa tehokkaasti. Michelinukko tuli keskivartalosta väistämättä mieleen. Varmaankin hänen nykyinen ulkomuotonsa antoi viestiä itsehillinnän puutteesta ja antaa mennä - tyylistä, tämän näköisenä hän tuskin olisi enää töitä saanut. Lihavuuden vastustamisestahan oli tehty hyve ja lihavat ihmiset olivat inhokkeja. Vaikka Rauhalla olisi ollut korkeakoulututkinto, lihavana hän olisi tuskin saanut sihteerin paikkaakaan.

Itsepetoksessaan Rauha kyllä näki itsensä eronneena coolina citysinkkuna. Muut näkivät hänet ikääntyvänä, ylipainoisena ja katkerana naisena, joka ei selviytynyt tehtävistään vaativalla tiedonjulkistamisen alalla. Istumatyö oli osallinen keskivartalon turpoamiseen. Liiallinen istuminen tuntui vievän elinvoimat. Istumatyö oli myrkkyä ennestään huonolle terveydelle, se oli osallisena vyötärömakkaran suurenemisessa. Liikkua toki ministeriössä myös sai, kun kävi asioimassa milloin milläkin osastolla, toisissa kerroksissa tai toisissa rakennuksissa. Jalat olivat usein työpäivän loppuessa kipeät rappujen ja käytävien ravaamisesta. Oli oli ollut kovan työn takana opetella, missä eri osastot ja yksiköt sijaitsivat, eikä Rauha ollut oppinut kaikkia vieläkään. Arkipäivän seikkailua olikin tutustua talon sisällä uusiin tiloihin ja ihmisiin.

Usein Rauha tajusi vaikuttavansa työtovereiden mielestä täydeltä sekopäältä. Se johtui verensokerin heittelyistä, hän itse tiesi. Puhelimen äärestä pääsi harvoin syömään säännöllisesti, pitihän hänen päivystää puheluita. Hän solkkasi ruotsiksi ja englanniksi, silloinkin kun tuskin muisti oikeita sanoja edes äidinkielellään. Hän yhdisteli puheluja eri tahoille, vaikka silmissä hämärsi, ja siinä ohessa opasti lukemattomia kiinalaisia delegaatioita, ja muita taloon vierailulle tulevia ryhmiä, oikeisiin neuvotteluhuoneisiin. Hän ei enää jaksanut olla kovin usein iloinen. Tilalle oli tullut väsynyt turtumus ja aika ajoin myös selittämätön kiukku. Häntä vaivasi kait infoähky, eli tiedon näännyttävän ylitarjonnan vastaanottaminen, ja hän tunsi itsensä kykenemättömäksi seuraamaan kaikkea. Eikä pelkkä seuraaminen edes riittänyt, yleensä viestit vaativat toimenpiteitä. Tuntui, että tiedosta ja sen välittämisestä oli tullut pakkomielle, joka piti yllä kiirettä ja vain huononsi työntekijöiden huomiokykyä ja paneutumista asioihin.

Rauhan mielestä ministeriö oli "valtio valtiossa", joka eli omaa elämäänsä ulkopuolisesta elämästä paljoa välittämättä, vaikka sen piti muka olla yhteiskunnan hermolla ja palvella kansalaisia. Sisällä elettiin kuin kalat akvaariossa ja paettiin turvaan kiven alle (omaan huoneeseen suljetun oven taakse), jos joku tuli akvaarion ulkopuolelle tirkistelemään. Turvallinen työpaikka, oikea suojatyöpaikka, se oli niille, jotka olivat heti kansakoulusta tai yliopistosta päästyään älynneet hakeutua valtion leipiin. Nyt heillä oli lähes nelikymmenvuotinen työura takana ja turvatut eläkepäivät edessä. Vuosilomat olivat useilla virkamiehillä seitsemän viikon pituisia. Sellaisesta ei Rauha voinut uneksiakaan. Hänen lomaoikeutensa oli 30 päivää vuodessa, eikä siitä pitenisi.

Pian taloon tultuaan Rauha Lamaselle oli käynyt selväksi, että vakituisen viran saamista, tai uralla etenemistä, ei auttanut suinkaan se, mitä teki tai miten, vaan se, kenen kanssa tuli juttuun, kenen kanssa oli kaveria ja kuinka röyhkeästi toteutti kunnianhimoisia pyrkimyksiään. Selkäänpuukotukset, juoruilu ja itkuraivarit olivat talon tapa, vaikkakaan se ei ollut naisvaltainen virasto. Miehiä oli noin puolet henkilöstöstä ja miehethän ovat aina olleet parempia julkisen vallan käyttäjiä kuin naiset. Korkealla koulutuksella ja akateemisuudella ei ollut mitään merkitystä silloin, kun ihminen päätti olla susi toiselle ihmiselle. Sellaisen, joka ei peleihin suostunut, piti olla mahdollisimman näkymätön. Rauha ei onnistunut niin hyvin kuin olisi pitänyt. Hän oli tullut tekemään työtä, eikä pelaamaan pelejä. Niitä, jotka Rauhan tapaan, eivät menneet mukaan röyhkeään menoon, pidettiin tyhmiä, eikä heidän katsottu olevan oikeanlaatuisia työntekijöitä. Rauhalla ei kunnianhimoa ollut, se oli murentunut viimeistään pitkinä työttömyysvuosina. Koska hän ei osannut olla näkymätön, hän sai tahtomattaan vihamiehiä. Hän ei välittänyt, vaan oli iloinen siitä, että sai tehdä työtä. Nyt hänellä oli vielä lisäetuna hieno vanha ympäristö ja työpaikan sijainti keskikaupungilla. Vaikka palkka oli pieni, oli se kuitenkin parempi kuin työttömyyspäiväraha. Olisi hän ollut tyytyväinen vähempäänkin.

Vaikka ylösnouseminen aamuisin olisi ollut kuinka vaikeaa, olo helpottui heti, kun Rauha muistutti itseään siitä, kuinka onnekas oli, kun sai lähteä aamulla töihin ja olla mukana "kunnollisen" elämän menossa. Hän ei todellakaan ollut tullut pelaamaan ihmissuhdepelejä tai hankkimaan vihamiehiä tahallaan. Eri nimikkeillä olevat virkamiehet tiesivät kyllä paikkansa hierarkiassa. Sihteerit ja virastomestarit olivat alinta, suorittavaa luokkaa. Varsinkin heidän piti tietää paikkansa asiantuntijaorganisaatiossa. Jos oli päässyt ylenemään tarkastajaksi, se oli huomattava saavutus.

Rauha ei aina muistanut alhaista asemaansa, vaan meni juttelemaan johtajille, kuin vertaisilleen. Ei tietenkään kaikille, vain mukaville, niille, jotka sallivat sen. Lyhyeksihän ne keskustelut jäivät, koska Rauha ei ollut ministeriössä sen paremmin median kuin kulttuurinkaan asiantuntija, vaikka hänellä niistä henkilökohtaisia kokemuksia olikin. Hän oli vain oman elämänsä asiantuntija. Oli myös niitä, esimerkiksi eräs tuleva huomattavan laitoksen pääjohtaja, joka ei koskaan vastannut hänen tervehdyksiinsä käytävällä. Rauha ajatteli, että oman moukkamaisuutensapahan mies paljasti. Pöllö mikä pöllö. Miekkonen ei koskaan katsonut vastaantulijaa silmiin, eikä vastannut tervehdykseen, suhahti vain ohi, niinkuin toinen olisi ollut ilmaa. Ihmisen sivistystason näki siitä, miten hän suhtautui kanssaihmisiinsä, ajatteli Rauha. Itse hän tervehti jokaista käytävällä tai ulko-ovella vastaan tulevaa, vastattiinpa tervehdykseen tai ei.

Kerran sattui portaissa nolo juttu, kun Rauha oli tulossa ruokatunnilta sisään. Hän oli pukeutunut hameeseen ja huomannut kävellessään, että sukkahousuista juoksi silmukkapako näkyvästi alas asti. Hänellä oli kyllä varasukkahousut vaatekaapissaan ja risat oli tarkoitus vaihtaa uusiin, heti kun hän pääsisi huoneeseensa. Leimattuaan itsensä automaatilla sisään Rauha lähti kapuamaan portaita toiseen kerrokseen, huomaten samalla, että eräs nuorehko, vaalea, poliittisella saralla menestynyt mies seurasi hänen vanavedessään. Herralla oli jonkinlainen katkos korkeiden virkapaikkojensa välissä, joten hän kuului tilapäisesti kansliapäällikön esikuntaan. Mies näki tietenkin risat sukkahousut.

Tilanne oli kiusallinen, Rauhan oli pakko kääntyä ja sanoa: "Tuli niin kiire, että sukatkin hajosivat..." Mies ei vastannut mitään, mutta hymyili vinosti. Myöhemmin nähdessään herran televisiossa Rauha muisti tapauksen. Hän piti miestä kuivakkaana, mutta miellyttävänä. Paljastui, että miehellä oli niin outo huumoritaju, etteivät hänen vitsinsä naurattaneet ketään, ei edes häntä itseään. Niillä hän kuitenkin yritti keventää painavia sanomisiaan eri tilaisuuksissa.

Ovia pidettiin aina auki yksikössä, jossa Rauha hoiti avustavia tehtäviään. Työtoverit olivat kaikki naisia. Heidän työnsä oli tehtailla tiedotteita ja tiedonjulkistuksia eri tahoille, välittämättä siitä, kiinnostivatko ne ketään, tai halusivatko kaikki pienet maakuntalehdet niitä vastaanottaa. Tietoa tuli julkistaa ja välittää. Joskus pienen paikkakunnan pari kertaa viikossa ilmestyvän sanomalehden päätoimittaja (tai ainoa toimittaja) soitti hädissään, ettei heidän faksinsa pystynyt vastaanottamaan sitä tiedonjulkistamistulvaa, mitä ministeriöstä syydettiin. Se oli suoranaista tietoähkyn aiheuttamista. Faksin lisäksi tiedotteita lähetettiin sähköpostilla. Pyydettäessä Rauha poisti vastaanottajan nimen postituslistalta, vaikka tiedonjulkistajat eivät siitä pitäneet. Hän uskalsi sanoa näille, että vastaanottajankin mielipide pitäisi ottaa huomioon Pikkupaikkakuntalaisille tärkeimpiä olivat heidän oman alueensa uutiset, ei se, mitä Helsingin herrat suuressa viisaudessaan heille toitottavat.

Olivat pääkaupunginkin toimittajat närkästyneitä, kun eivät saaneet keskustella suoraan haluamiensa ministerien ja korkeiden virkamiesten kanssa. Aina oli välissä tiedonjulkistamisporukka. Tiedonjulkistamis- ja HR-osastot olivatkin kasvaneet hurjasti julkisella sektorilla ja lisää viestinnän ammattilaisia koulutettiin. Toimittajilla oli kuitenkin lopullinen valta päättää siitä, mitä julkaistiin, ja he tiesivät sen. Tiedonjulkistajat eivät Rauhan mielestä tajunneet (vaikka olisi pitänyt), että viestintä on vuorovaikutusta, ei pelkkää tiedon julkistamista. Kangertelihan viestintä yksikön jäsentenkin kesken pahanlaatuisesti. Väärinymmärrykset ja suoranainen tiedon puute ruokkivat huhuja yksikön sisällä. Mutta, koska toimittiin ministeriössä, ei vastaanottajan mielipiteellä, eikä sanoman perille menollakaan, tuntunut olevan suurta väliä. Tärkeätä oli näyttää ulospäin, kuinka tehokkaasti ministeriössä toimittiin. Ei otettu huomioon sitä seikkaa, että byrokratia herättää suomalaisissa yleensä vastustusta. Niin Rauhassakin, hän pysyi vapautta rakastavana sieluna, vaikka olikin nyt valtiolla töissä. Byrokraattia hänestä ei saanut millään. Hän piti ministeriöön hädissään soittavien ja hätäviestejä lähettävien puolta, se oli hänen periaatteensa.

Kun Rauha Lamanen tuli ensimmäistä kertaa työpaikkahaastatteluun tiedonjulkistamisyksikköön, hänet vastaanotti kaksi naista. Virallisesti pukeutunut, reipas ja touhukas hössöttäjä, oli yksikön pomo ja vaalea, tyttömäisen näköinen, hellemekkoon pukeutunut kolmekymppinen nainen oli hänen tuuraajansa. Pomokin oli Rauhaa nuorempi, hän puhui lapsistaan ja tuuraaja koirastaan. Rauha oli heti ajatellut, että pomon kanssa luultavasti pärjäisi, mutta hellemekkoisen kanssa tulisi vaikeuksia. Hän oli ollut oikeassa. Asia oli nimittäin niin, Rauha sai tietää asiasta myöhemmin, että hellemekkoinen Henriikka Pöntinen oli ehdottanut hommaan omaa tuttavaansa. Pomo oli kuitenkin pitänyt pintansa ja Rauha oli otettu yksikköön.

Yksikössä oli siihen aikaan kaksi muuta vaikuttavaa persoonallisuutta, jotka kävivät esittäytymässä Rauhalle toisesella haastattelukierroksella. He olivat Fanni Turmola, joka oli tiedonjulkistaja ja Eila Surva, joka oli toiminut konekirjoittajana ennen tietokoneita, mutta oli sittemmin kohonnut arvossa asiantuntijaksi kansliapäällikön avulla. Itse asiassa Eila katsoi nyt johtavansa koko yksikköä. Hänen sanansa oli laki, ainakin mitä Rauhan tehtäviin tuli, se selvisi nopeasti. Sekin selvisi, että Fanni ja Eila olivat kavereita. Omalaatuisesti värikkäisiin vaatteisiin pukeutuva, kleopatramainen Eila oli kotioloissa perheensä matriarkka, joka töissä suhtautui suojelevasti itseään parikymmentä vuotta nuorempaan Fanniin, hoikkaan ja lapselliseen tyttöön. Sitten oli vielä teknistä tietämystä ja tietotekniikkaa hallitseva Lilja Kivenkolo, joka teki osapäiväisesti yksikön hommia. Kaikki vaikuttivat ihan mukavilta, aluksi.

Eilaa Rauha alkoi myöhemmin tosin mielessään kutsua madame Cseausescuksi.

Rauha oli ollut välillä vuosia poissa työelämästä työttömyyden takia ja julkinen sektori oli hänelle työpaikkana entuudestaan tuntematon. Menneinä vuosina hän oli onneksi päivittänyt osaamistaan erilaisilla kursseilla, joten hänellä oli tarvittavat tietoteknilliset taidot. Hän oli tullut huomaamaan, että vaikeinta uuteen työpaikkaan sopeutumisessa ei ollut se, miten hyvin oppi työtaidot ja miten ahkera oli, vaan ihmissuhteet ja talon tavoille sopeutuminen. Oli sääntöjä, joita ei saanut rikkoa. Sen hän sai tietää heti ensimmäisinä päivinä käydessään WC:ssä. Vaikka vanhassa talossa mukavuuslaitokset olivat pieniä kapeita komeroita, oli niissä ensin eteinen, jonka jälkeen oli lukittava eriö. Lukittavia ovia oli siten kaksi. Rauha lukitsi vain sisemmän oven, koska ajatteli, että jos jonkun tarvitsee tulla vaikka käsiään pesemään, voi sen tehdä, vaikka eriö oli varattu. Se oli kuitenkin väärin ajateltu. Naapurityöhuoneesta tuli vihainen, lähellä eläkeikää oleva, nainen selittämään, että ulompi ovi tulee lukita WC:ssä käydessä, ettei kenenkään tarvitse turhaan tulla sisälle. Rauha kiitti ja lupasi muistaa tulevaisuudessa.

Oltuaan pari viikkoa töissä, yrittäen oppia ja omaksua kaiken kuulemansa, Rauha yllättäen sairastui korkeaan kuumeeseen. Sitä hän todellakaan ei olisi halunnut, mutta pakko oli ilmoittaa töihin, että oli sairaana. Rauha ajatteli, että hänen luultiin varmaankin ruvenneen ryyppäämään. Kasvoissa ollut mustelma oli vasta äsken parantunut. Pomo suhtautui kuitenkin myötämielisesti, työkaverit lähettivät kukkia kotiin ja toivottelivat pikaista paranemista. Myöhemmin, huonompina aikoina, Rauha muisteli tapahtunutta lämmöllä. Kotona sairastaessaan Rauha kuunteli radiota. Oli syyskuun 11. päivä. Radiosta kuuluikin uskomattomia uutisia: kaksi lentokonetta oli törmännyt New Yorkissa World Trade Centerin kaksoistorneihin.

Rauha muisti tornit hyvin, hän oli parikymmentä vuotta sitten ollut mukana ryhmässä, jonka oli vieraillut kaksoistornien useissa eri kohteissa. Näköala oli ollut huikea tornien huipulla olevasta ravintolasta pimeällä, kun kaikki miljoonakaupungin valot loistivat. Tornien alla hän muisteli olleen asematunnelin tapaisen kauppakeskuksen. Pääsylippuja saman päivän näytöksiin oli saanut ostaa maan tasalla olevasta lippupisteestä. Mereltä päin katsoessa tornit olivat olleet massiivinen maanmerkki niemen kärjessä. Törmäykset eivät johtuneet virheistä tai vahingoista, vaan kyse oli terroriteoista, jotka muuttivat koko maailman käsityksen rauhasta ja turvallisuudesta lopullisesti. Rauha tajusi paremmin kuin moni muu, ettei torneista todellakaan ollut mahdollisuutta pelastua, hissit kulkivat vain tietyn määrän kerroksia ja tasanteilla oli vaihdettava hissiä. Äskettäin oli nähty jonkun arabisheikin hiippailevan ja suorittavan mittauksia kaksoistornien ympärillä, mutta kukaan ei tuntunut muistavan sitä, eikä yhdistävän tapahtuneeseen katastrofiin. Sitä oli pidetty vain hupijuttuna, mutta hupia nykyisessä maailmanpoliikassa ei ollut rahtuakaan.

Kolmen sairauspäivän jälkeen Rauha palasi töihin, kurkku oli yhä kipeä, nuha vaivasi ja silmät vuotivat. Vaikka hän oli vasta koeajalla, poissaolosta piti silti tehdä virkavapauspäätös. Joka kerta, kun oli töistä poissa, se vaati virkavapauspäätöksen, jonka sai henkilöosastolta. Niin piti menetellä. Syyskuinen flunssa ei jäänyt ainoaksi, vaan Rauha sai kokea, kuinka hänellä oli lähes jatkuva poskiontelon tulehdus, joka ei helpottanut edes lomien aikana. Lukuisat antibioottikuurit väsyttivät. Yleiskuntoa heikensi lisäksi pari kroonista sairautta, jotka hänellä oli ollut jo työtä vastaanottaessaan.

Koska työhöntulotarkastusta työterveyslääkärillä ei ollut, Rauha ei ollut maininnut sairauksistaan työhaastatteluissa. Myöhemmin hän kuitenkin kertoi terveydentilastaan yksikössä, siltä varalta, että käyttäytyisi erityisen oudosti tai menisi tajuttomaksi. Häntä kiellettiin ankarasti puhumasta vaivoistaan ja sanottiin: "On muillakin sairauksia!" Rauha tiesi, että niin asia olikin, ja että moni pelkäsi sairautensa paljastumista työnantajan edustajille. Hänen mielestään työnantajalla kuitenkin oli oikeus saada tietää. Rauha ajatteli, ettei kukaan tieten tahtoen valinnut kroonista sairautta, vaan tauti valitsi itse uhrinsa. Taudista ja taudeista tuli suuri henkinen riesa sairastuneelle, ruumiillisten oireiden lisäksi. Sairastuminen vaati uuden elämän, vaikeamman, opettelua ja uuden identiteetin omaksumista. Eikä ihminen voinut jättää raihnaista olemustaan kotiin ja lähteä töihin vetreänä kuin nuoruuden kukoistuksessaan. Ei ollut erikseen työminää ja kotiminää, vaan sama paketti seurasi mukana, niin töissä kuin kotonakin. Eihän mieltäänkään pystynyt tyhjentämään niin, että mieli olisi aamulla töihin tullessa tyhjä ja auki vain työasioille ja kotiasiat olisivat odottamassa kotona. Ihminen oli kokonaisuus, ainakin Rauha.

Sairauksista kertominen oli ollut vikatikki. Työtoverit näyttivät pitävän Rauhan sairauksia keinona vähentää työntekoa ja lintsata, vaikka hän ei alun jälkeen ollut pitänyt sairauslomia sen enempää kuin muutkaan. Päin vastoin, hän oli se, joka tuli töihin vaikka kuinka flunssaisena ja tukkoisena. Sitäkin paheksuttiin ja sanottiin hänen tulevan tartuttamaan muut. Eihän asia niin ollut, vaan nuha ja tukkoisuus olivat allergiaa ja johtuivat työolosuhteista. Erityisesti Henriikka otti tilanteista kaiken irti, kuormitti Rauhaa tehtävillä ja nälvi kaikin tavoin. Teki niin tai näin, mikään ei tuntunut riittävän. Rauhalle oli ollut yllätys, että oli sellaisia ihmisiä, jotka eivät tienneet mitä kivut olivat, joilla ei ollut edes päänsärkyä koskaan. Hänen oma elämänsä oli ollut varsin kivuliasta alusta asti, kaksi päivää kestävän migreenikohtauksen hän oli saanut jo lapsena. Polvissa oli nivelrikko jo kolmekymppisenä. Eikä siinä vielä kaikki, kivut ja kaikenlaiset vastoinkäymiset olivat olleet lähes jokapäiväisiä hänen elämässään, mutta Rauha oli purrut hammasta: näillä jaloilla ja näillä eväillä oli käveltävä ja pärjättävä elämän loppuun asti. Hän oli aina yrittänyt peittää kipunsa ja esittää iloista, nuorempana siinä onnistuenkin. Nyt hän oli usein liian väsynyt. Alituinen paha mieli vain lisäsi kivun tunteita. Olo oli raihnainen kokonaisvaltaisesti.

Mutta ei hän silti mikään uhri tahtonut olla. Ei ainoastaan Rauhan työpaikalla ministeriössä, vaan koko yhteiskunnassa, oli nurja suhtautuminen kipuun ja sairauksiin. Niille ei riittänyt ymmärrystä Minä-Minä -maassa. Kivut olivat kuitenkin aina todellisia, eivätkä vain keino pitää sairauslomia tai lintsata ei-toivotuista tehtävistä. Ja kivuista kärsivät oli niiden parhaita asiantuntijoita. Mutta, kivuista ei sopinut puhua, niin kauan kuin halusi työelämässä olla. Tukea ei saanut mistään.

Kipu oli omakohtainen kokemus, sen hän tiesi, mutta kun siitä ei saanut edes puhua, se oli liian omakohtainen, sen kanssa jäi yksin. Kipu jäyti henkistä sietokykyä niin, että välillä teki mieli heittää kuvaannollisesti sanoen hanskat naulaan ja antautua vaikka viinan vietäväksi. Että edes yhden illan saisi olla niin turta, ettei sattuisi. Mutta seuraavana aamuna kipu olisi tietysti moninkertaisia henkisillä tuskilla lisättynä. Ja häpeällä. Kipu ei ketään jalostanut, ei ainakaan Rauhaa.Lääkärit näyttivät taulukkoja: "Mikä on kokemasi kipu asteikolla 1-10?" Mistä sen voi tietää, mikä on niin sietämätön kipu, että se on kympin arvoinen? Jatkuva kipu jäyti ihan liikaa jaksamista ja toisten ihmisten sietämistä. Helposti ärähti, vaikkei ollut tarkoittanutkaan olla kiukkuinen. Sitten leimattiin yhteistyökyvyttömäksi ja hankalaksi, ehkä jopa luonnevikaiseksi. Rauha kuitenkin halusi tehdä töitä, olipa ruumiillinen kunto mikä hyvänsä, vaikka myötätuntoa ei mistään herunut. Elettiin 2000-luvun alkua, eikä tällä uudella vuosituhannella kaivattu vajaatyökykyisiä työelämään. Kaikkensa oli annettava, olipa kunto mikä hyvänsä. Ajan henki oli kova, lama oli opettanut. Tulos tai ulos -ajattelu oli tullut valtiollekin. Samaan aikaan suuri määrä lievästi vajaatyökykyisiä, joilla ei ollut järjessä mitään vikaa, virui kotonaan tukien varassa. Rauhan mielestä yhteiskunnallisesti sellainen ei ollut tehokkaan talouden merkki. Hänen mielestään kaikilla työtä haluavilla pitäisi olla mahdollisuus sitä tehdä kykyjensä mukaan.

Ajat olivat menneinä vuosikymmeninä erilaiset. Rauha ei voinut olla ihmettelemättä ministeriön menneitä rekrytointiperusteita, niin erikoisia tyyppejä ja persoonia kerrosten kätköissä majaili. Mutta he olivatkin pesiytyneet taloon entisinä vuosikymmeninä. Viran kerran saanutta oli vaikea häätää pois. Välillä tuntui siltä, kuin olisi ollut jossakin hourulassa. Rauhasta näytti, että jotkut eivät tehneet mitään työkseen; muutamilla oli myös todellinen ja näkyvä alkoholiongelma. Vuosien mittaan kummallisimmat tyypit kuitenkin vähenivät, kun heitä työnnettiin työkyvyttömyyseläkkeelle. Nimenomaan naispuolisia tyrkittiin ulos, miehet saivat jäädä. Kaikki eivät suosiolla lähteneet, vaan ministeriöllä oli jatkuvasti oikeusjuttuja menossa virheellisesti tehdyistä työsuhteiden purkuyrityksistä. Nyt, kun ministeriö oli hänenkin työpaikkansa,

Rauha ajatteli, ettei hän aikaisemmin ohi kävellessään ollut tiennyt, minkälaista meno viraston sisällä oli ja minkälaista henkilöstöpolitiikkaa siellä harjoitettiin. Kaikki vaikutti niin kunnioitettavalta ulospäin. Ministeriössä vallitsi puuttumattomuuden ilmapiiri, yhtä hyvin kuin koko yhteiskunnassa puhumattomuuden ja salailun ilmapiiri, ajatteli hän. Persoonalliset ihmiset pelottivat suomalaista työnantajaa alaisina. Erilaisuutta ei osattu pitää voimavarana. Ja mikä oli erilaista ja mikä normaalia? Ministeriön kanta tuntui olevan se, että vanheneminen teki ihmisestä erilaisen ja sitten annettiin koulutusta erilaisuuden kohtaamisesta. Rauhan mielestä ihmisen olemassaolo, hänenkään, ei ollut liikeyritys, jonka pitäisi tuottaa voittoa, vaan itseisarvo oli elämä sinänsä.

Menneinä aikoina työelämä oli ollut humaanimpaa ja armollisempaa. Töissä oli ollut jopa hauskaa. Minä-Minä -maassa tärkeämpää olikin mitä ihminen omisti, kuin mikä hän ihmisenä oli. Jos ei omistanut mitään oli luuseri, omistamiseen perustuva hierarkiakin näkyi työpaikallakin. Rikkaat viranhaltijat elivät omissa maailmoissaan ja seurustelivat keskenään. Ministeriössä vallitsivat varsin luutuneet käsitykset siitä, minkälainen työntekijän piti olla. Besserwissereitä, joilla omasta mielestään oli korkea työmoraali ja -taito, oli Eilan lisäksi joka osastolla ja yksikössä. He katsoivat oikeudekseen arvostella ja osoitella sormella "huonompia" ja köyhempiä työtovereitaan. Oli helppo elää, kun tiesi ja osasi kaiken ja omisti tarpeeksi mammonaa. Silti Rauha ei halunnut olla heidän kaltaisensa. Mutta käyttäytyikö hän itsekin siinä tapauksessa fariseusmaisesti ajatellessaan: "En halua olla niin kuin nuo muut"?

Koulutuslaitoksen raskas ulko-ovi aukeni narahtaen. Rauhan mieleen tulvahti jälleen ilo siitä, että sai oleilla vanhoissa arvorakennuksissa, joihin ei ollut luullut koskaan pääsevänsä. Häntä ilahdutti myös se, että pääsi pois työpaikalta osallistumaan työnantajan maksamaan koulutukseen. Hänen mielestään kursseille pääsi valtiolla helpommin kuin yksityisellä. Tosin, Eila Surva piti huolen siitä, että Rauha ei kovin usein kursseilla istunut. Kalleimmat koulutukset kuuluivat vain Eilalle itselleen. Tultuaan sitten kursseilta takaisin töihin Eila moitti runsassanaisesti jokaista kurssinjärjestäjää ja -sisältöä. Eila oli mielestään niin korkeatasoinen ihminen, että hänen tasolleen sopivaa kurssia oli vaikea järjestää. Eila itse olisi ollut paras kouluttaja kaikille kursseille.

Sihteereille, ja muillekin, oli tarjolla ministeriön järjestämää koulutusta omissa tiloissa ja erilaisten koulutuslaitosten kursseilla. Kerran vuodessa sihteeritason työntekijä sai osallistua koulutusristeilyllekin. Korkeammille virkamiehille oli pitkiäkin koulutusjaksoja ulkomailla. Valmennukseen ja kursseille osallistumiseen vaadittiin tietenkin esimiehen ja henkilöstöpäällikön lupa. Kurssit olivat vallankäytön muoto ja tapa kyykyttää epäsuosittuja alaisia. Alkuaikoina tuuraaja Henriikka Pöntinen, Pomo oli ollut virkavapaalla, oli tokaissut Rauhalle tämän pyytäessä lupaa osallistua tietotekniikkakoulutukseen: "Ei sinne turhanpäiden tarvitse mennä istumaan, on täällä töitäkin!" Henriikan takia Rauha jäi myös ilman tulokasvalmennusta, jossa olisi saanut tuiki tarpeellista tietoa ministeriön organisaatiosta ja toimintatavoista. Kaikki piti siis opetella itsekseen. Pomo oli myötämielisempi hyväksymään koulutukseen osallistumisia. Rauha kävi Pomon luvalla kielikursseja talon sisällä ja muuallakin, sekä erilaisissa kokoustilaesittelyissä ja muissa tapahtumissa, joihin tuli kutsuja. Aina hän myös raportoi, mitä oli oppinut ja ketä tavannut.

Oli tietenkin myös koulutuksia, joista Rauha ei juuri mitään tajunnut tai ei ainakaan muistanut jälkeenpäin, mitä oli puhuttu ja mitä opetettu. Usein asiat olivat niin tuttuja ja moneen kertaan jauhettuja, ettei kurssin sisältöön jaksanut keskittyä, odotti vain lounastaukoa tai iltapäiväkahvia. Kurssit, joilta ei mitään muistanut, koska asiat olivat hänelle liian vieraita, olivat yleensä valtion omassa (tai ehkä se oli jo yksityistetty) koulutuslaitoksessa vanhassa jykevässä kivitalossa. Rauha halusi sinne vain rakennuksen ja ympäristön takia, vaikkei kursseista sinänsä tuntunut mitään hyötyä olevan hänelle, eikä siten työpaikallekaan. Loppujen lopuksi kävi niin, ettei häntä enää näille valtionhallinnon kursseille päästettykään.

Kerran Rauha sai, kuin vahingossa, luvan osallistua talon ulkopuoliseen tietotekniikkakoulutukseen, vaikka talon sisäiseen valmennukseen pääsy olikin evätty. Koulutus järjestettiin kartanossa muutaman kymmenen kilometrin päässä pääkaupungista. Oli ihana ympäristö, oli ihana kevät, satakieli lauloi, oli hyvää ruokaa ja oma huone, sehän oli luksusta. Oi ihana toukokuu! Rauha ei tajunnut sielläkään juuri mitään valmennuksessa käsitellyistä asioista, jo siitä syystä, että valmentaja tarjosi tukevasti alkoholia heti tulolounaalta lähtien. Kaksipäiväinen kurssi olisi "jatkunut", vielä sen jälkeen, kun sekavassa tilassa ollut porukka tuotiin bussilla Helsinkiin, rautatieaseman läheisessä pubissa, mutta sinne Rauha ei enää jaksanut mennä. Seuraavana päivänä töissä hän ei pystynyt raportoimaan mitään järkevää kurssista esimiehilleen. Hän sanoi, ettei vanha koira oppinut enää uusia asioita, mutta se ei todellakaan ollut hyväksyttävä selitys.

Koulutushakemukset piti lähimmän esimiehen hyväksynnän jälkeen alistaa henkilöstöpäällikkö Elma Kutojan hyväksyttäviksi. Tämä oli henkilö, jonka mielestä vain hänelle itselleen kuuluivat kaikki etuudet, mitä valtion virassa voi suinkin saada ja henkilöstölle eivät paljon mitkään. Jos kurssille pyrkijän naama ei Elmaa miellyttänyt, ei hän tarvinnut koulutustakaan, koska hänestähän oli tarkoitus päästä eroon pikimmin. Näyttöpäätesilmälaseista Elma myös päätti. Ostakoot kakkulat omilla rahoillaan, jos mielivät työtä tehdä! Onneksi Rauha ei vielä ollut Elman inhokki.

Isommilla osastoilla oli omat koulutusbudjettinsa, joista osastopäällikkö vastasi ja valitsi kursseille lähtijät, mutta yksiköt, jotka olivat talon yhteisiä, olivat Elman määräysvallan alla. Elma oli ottanut tavoitteekseen käydä itse ainakin kerran vuodessa pitkällä ulkomaanmatkalla. Tietysti työnantajan (veronmaksajien) laskuun. Hänellä oli talossa muutamia korkeasti koulutettuja ystävättäriä, joiden kanssa hän mielellään matkusti opintomatkoille, milloin Kiinaan, milloin Intiaan, milloin Etelä-Amerikkaan. Ainakaan viimeksi mainitussa ei aikaa ollut käytetty luennoilla istumiseen. Värikäs elämänmeno oli temmannut kurssilaiset niin mukaansa, että hyvä kun nämä korkeasti koulutetut naiset kykenivät tulemaan takaisin Suomeen. Alemmille naispuolisille alaisille, joilla ei ollut akateemista tutkintoa, Elman mielestä riitti Tallinnan risteily kerran vuodessa, mistä he toki saivat olla kiitollisia, olihan sekin huomionosoitus.

Ministeriössä oli myös tiettyjä itsekkäitä päälle viisikymppisiä pyrkyreitä, jotka tahtoivat Elman tavoin ottaa irti kaiken, minkä veronmaksajien pussista vain saisi. He liehittelivät Elmaa ja manipuloivat tämän hyväksymään itselleen kuukausien ja vuosien pituisia johtajakoulutuksia kansainvälisissä ympyröissä. Yhden valmennuksen hinta saattoi olla 20 000 euroa ja ministeriön saama hyöty vanhenevan ihmisen valmentamisesta kyseenalainen. Sillä rahalla olisi jo voinut työllistää jonkun vastavalmistuneen nuoren maisterin ja alkaa rakentaa hänen uraansa tulevaisuutta silmällä pitäen, ajatteli Rauha. Mutta ei, oma etu voitti aina talon edun Elman, ja muidenkin päättäjien ollessa kyseessä. Arvoista ja nimityksistä kilpailtiin ja kiisteltiin.

Helsinkiläisen hotellin ovella parveili sekalainen joukko Rauhan ikäisiä naisia ja oli joukossa nuorempiakin. Siististi ja tyylikkäästi pukeutuneet, itsetietoisen näköiset yksilöt, erottuivat joukosta, sillä suurin osa oli huolettomasti pukeutuneita, harottavahiuksisia ja nuhruisen näköisiä naisia. Eihän sitä työn tuiskeessa ehtinyt peilaamaan, ja tilaisuuksiin piti lähteä juoksujalkaa, koska yleensä juuri sinä iltapäivänä, kun oli tarkoitus osallistua johonkin tapahtumaan, esimies järjesti kaiken maailman tulenpalavan kiireellisiä tehtäviä toimitettavaksi.

Mitä huonommaksi Rauhan henkinen ja ruumiillinen kunto meni tiedonjulkistamisyksikön kiireisessä ja riitaisassa ilmapiirissä, mitä enemmän hänelle keljuiltiin ja selkäänpuukotettiin, sitä enemmän hän alkoi käydä kaikenlaisissa esittelyissä ja tutustumistilaisuuksissa, joissa oli syötävää, ilmaisia viinejä ja hyvää seuraa. Pois lähtiessä sai usein vielä mukaansa tuliaiskassin. Aina se työolot voitti. Rauha ei enää edes kertonut töissä mihin oli menossa ja kävi tilaisuuksissa paljon omalla ajallaan, vaikka toiset sihteerit olivat sanoneet, että niissä sai käydä talon ajalla. Niinkuin kävivätkin. Usein hän humaltui ja käyttäytyi meluisasti ja mokailevasti, mutta ei välittänyt, vaikka jotkut nauroivatkin hänelle. Erityisesti eräs nuorehko tumma ja paksu sihteerikkö oli ottanut hänet silmätikukseen, keljuillen joka tilaisuudessa. Rauhalle muistui mieleen lapsuuden kuuma uimaranta, jossa paksukaisen nuorempi versio oli heitellyt häntä kivillä ja huutanut: "Hullu likka!"Rauha ei ollut tuntenut kiusaajaa entuudestaan, samoin kuin ei nytkään välittänyt ottaa selvää kuka ja mistä nykyinen kiusankappale tuli. Jos kiusaaja sai huvinsa ja oli tyytyväinen, ok! Rauhan ulkomuoto ja käytös kai olivat niin raivostuttavia.

Aina enemmän tuli kutsuja tilaisuuksiin, joka paikkaan ei kerta kaikkiaan ehtinyt, eikä ollut mahdollista mennä, mutta ainakin yhdessä tilaisuudessa viikoittain hän yritti käydä. Monet järjestäjät tunnistivat jo hänet ja huutelivat häntä nimeltä pöytiinsä tutustumaan. Oli tilaisuuksissa käynneistä suoraa taloudellista hyötyäkin, joskus hän eli viikot tapaksilla, antipastolla, salaateilla ja kaikenlaisella muulla pikkupurtavalla. Riitti, että kotona jääkaapissa oli kissanruokaa. Eikä Alkossakaan tarvinnut turhan usein vierailla, viini virtasi tilaisuuksissa ilmaiseksi ja risteilyiltä saattoi ostaa kotiin edullisesti punkkua ja skumppaa. Itsetuhovietti piti huolen siitä, että Rauha ei halunnut säännöstellä alkoholin käyttöään. Ei hän kuitenkaan kotona yksinään juonut, eikä viikonloppuisin muutenkaan. Eikä krapulan takia ollut kertaakaan pois töistä.

Joka yö, kun hän oli nauttinut punaviiniä runsaasti ja istunut päivän lisäksi koko illan, hän kärsi karmeista suonenvedoista jaloissa niin, että nukkumisesta ei tullut kerta kaikkiaan mitään. Hän heräsi jonkinlaiseen särkyyn ja siihen, ettei jalkoja pystynyt pitämään sängyssä suorana eikä koukussa. Oli noustava ylös, käveltävä ja laitettava lisävillasukkia jalkaan ja hierottaja koipien lihaksia. Joskus hän katsoi, miltä kouristelu näytti, oli hurjan näköistä, kun lihakset muljahtelivat. Joskus teki mieli huutaa. Kun kouristelu loppui, tuntui siltä, kuin kipua ei olisi ollutkaan. Paitsi joskus pohkeet olivat aamulla kipeät yöllisistä suonenvedoista. Aamulla väsytti tuplasti joka tapauksessa. Ulkopuolisten tilaisuuksien lisäksi omassa yksikössä, tai muilla osastoilla, oli jatkuvasti jotkin kissanristiäiset menossa, joten kuoharia oli tarjolla työaikana ja sitä myös nautittiin. Mitä korkeampi oli henkilö, jota juhlittiin, sen varmemmin valtio maksoi tarjoilut. Rauha ajatteli silloin, että tietäisivätpä kansalaiset mikä meno ministeriössä oli! Mutta ei hän puhunut mitään työpaikan asioista talon seinien ulkopuolella. Kerran tosin nousi meteli mediassa yksistä kuohuviinilasillisista, jotka ministeriön sihteereille oli tarjottu ravintolassa pidetyn koulutuspäivän päätteeksi. Joku tarjoiluhenkilökunnasta oli vuotanut tiedon iltapäivälehdelle. Koska kyseessä oli vielä tiedonjulkistamis- ja kulttuuriministeriö, se oli lukijoista paha juttu. Rauhan mielestä siinä kuitenkin haukuttiin väärää puuta. Täysin muissa piireissä ne kalliit viinat virtasivat työajalla ja työajan jälkeen. Tarjottu kuohuviinilasillinen oli sihteereille ainoa laatuaan talon omassa koulutustilaisuudessa. Kahvia ja mehua väkevämpää ei normaalisti tarjottu.

Herroille oli järjestetty alkoholitarjoilun lisäksi muunkinlaista huvia, josta ei voinut puhua kuin kuiskaten. Kuten tunnettua, raskas työ vaati raskaat huvit ja niitä herroille tarjosivat tietyt ministeriössä avustavia tehtäviä tekevät naiset. Huhuttiin, että ministeriö oli vuokrannut huoneiston keskikaupungilta, jossa herrat saivat käydä rentoutumassa. Ei suinkaan venäläisten ja thaimaalaisten naisten kanssa, vaan ministeriön työntekijänä olevan punatukkaisen ja hyvin säilyneen rouvan, Hilppa Kosteikon, kanssa. Vapaamielisiä rentoutuksen tarjoajia oli kyllä muitakin, korvauksista Rauha ei silloin vielä tiennyt. Hyi kamala! Rauhaa herrat katsoivat pitkin nenäviertään. Mutta, ei hän olisi suostunutkaan heitä viihdyttämään, mistään hinnasta. Hurskastellen hän muisti torjuneensa kaikki moiset mahdollisuudet nuorempanakin, saati nyt valtion virkamiehenä.

Rauha tiesi, että Hilpalle oli tullut jonkinlainen viidenkympin villitys ja hän oli eronnut miehestään saatuaan lapsensa aikuisiksi. Nainen oli halunnut saada takaisin kaikki menetetyt mahdollisuudet miesten kanssa, joita vaille hän oli mielestään jäänyt, mentyään nuorena naimisiin kunnollisen miehensä kanssa. Hän tahtoi saada ihailua ja seikkailuja. Uusi jännittävä elämä Hilpalle olikin koittanut eräiden pikkujoulujen jälkeen kansliapäällikön nahkasohvalla. Herrat olivat luvanneet Hilpalle hänen palveluistaan huomattavia etuja ja hän olikin saanut palkankorotuksia ja päässyt työurallaan jonkin verran eteenpäin. Lopulta Hilppa oli kuitenkin katkeroitunut, tuntenut itsensä petetyksi ja lopettanut herrojen eevana olemisen.

Hilppa oli miellyttävä, mutta arvaamaton nainen. Silloin kun he tutustuivat, Rauha ei ollut vielä tiennyt Hilpan sivutöistä. Muut kertoivat myöhemmin. Sen verran Hilppa avautui Rauhalle, kun toimintaa oli jatkunut pari vuotta, että hän oli tajunnut kerran lääkärin odotushuoneessa istuessaan, missä jamassa hänen elämänsä oli. Häntä oli törkeästi hyväksikäytetty. Silloin hän oli päättänyt lopettaa ministeriön miesten elämän sulostuttamisen. Hilppa oli saanut elämänkokemusta tarpeekseen loppuelämäkseen. Onneksi Hilpan aikuiset lapset eivät tiennet äitinsä villityksestä. Rauha ymmärsi häntä kenties paremmin kuin moni muu, olihan hänkin kaivannut nuorempana seikkailuja ja elämyksiä sekä vaihtanut asuntoa, työpaikkaa ja miestä jatkuvalla syötöllä. Rahallisesti hän ei tietenkään ollut moisesta menosta hyötynyt, päinvastoin. Punatukkainen Hilppa oli naiiviudessaan ja seikkailunhalussaan houkuteltu herojen seksileluksi. Asiantila ihmetytti Rauhaa, koska työssään Hilkka oli pätevä ja järkevänoloinen nainen.

Oli myös häikäilemättömiä akateemisia naisia, jotka katsoivat parhaaksi edetä urallaan olemalla kansliapäällikön, ministerin tai muiden päättäjien käytettävissä kaikilla tavoin. Heille seksi oli kaupankäynnin väline. Jos minä annan sinulle, sinä puolestasi annat minulle rahaa ja valtaa.. Usein he olivat saaneet kokea, että nainen esimiehenä oli pahin lasikatto toiselle naiselle. Nämä nuorehkot, näyttävät naiset tekivät itse aktiivisesti aloitteita esimiehilleen ja muille korkeassa virassa oleville herroille, joista saattaisi olla hyötyä, ohittaakseen tulppana olevan naispuolisen pomonsa. Ne naiset, jotka rupesivat herroille liian tuttavallisiksi tai mokasivat muuten, häipyivät yleensä Brysseliin.

Sitten oli eräs poikamaisen näköinen korkea johtaja, jonka vaimokin oli ministeriön arvostettu virkamies. Avioliitto oli alkanut työsuhderomanssista. Romanssit miehen osalta eivät olleet siihen päättyneet, vaan hän katsoi työsuhde-etuihinsa kuuluvan "panon työajalla ainakin kerran päivässä". Asiantila selvisi Rauhalle, kun eräs miehen alaisista meuhkasi kahvihuoneessa: "On tämä elämää, kun esimiehenäkin on huoripukki!" Kyseiselle tuohtuneelle naiselle oli selvinnyt, että eräällä kyseisen poikamaisen suuren johtajan alaisella, pienellä ja kiltin oloisella tytöllä, joka työskenteli avustavissa tehtävissä ilman kummempaa koulutusta, oli parempi palkka kuin hänellä itsellään. Tuohtunut puolestaan oli akateemisesti koulutettu ja vaativaa asiantuntijatyötä tekevällä keski-ikäinen nainen. Rauha ajatteli, että ihmisillä ei todellakaan ollut mitään moraalia, vain raha ja seksi ratkaisivat! Hän oli kiitollinen siitä, että ei tarvinnut pelätä seksuaalista ahdistelua työpaikalla, miehet olivat laadukkaampien naisten kimpussa. Mutta, eipä siten ollut toiveita uralla etenemisestäkään.

Juttuja liikkui Rauhan pomostakin, siitä millä avuilla tämä oli päälliköksi edennyt. Pomo itse kertoi usein, kuinka korkeat herrat virkamiehet olivat kutsuneet hänet ministeriön takkahuoneeseen ja nimittäneet hänet "Wuoden Gimmaksi", todistuksena siitä oli kunniakirja työhuoneen seinällä. Tapaus oli ollut alkusysäyksenä nousujohteiselle uralle. Tietoisuus siitä, mitä työajalla tapahtui ja millä perusteilla palkankorotuksia saatiin ja annettiin ei kohottanut Rauhan työmoraalia, vaikka hän olikin yhä se, joka tuli kovimmassakin flunssassa töihin. Eikä suinkaan tartuttamaan muita. Lopulta hän tuli niin turhautuneeksi, että "mitä väliä" -asenne ja kyynisyys tulivat innostuksen ja yrittämisen tilalle. Hän laahusti viraston käytävillä kuin mikäkin elävä kuollut, zombie.

Joka tapauksessa, himot ne oli, ei vain hiirellä, vaan myös valtion virkamiehellä. Korkeammilla ja alemmilla virkamiehillä työpaikkaromanssit kukoistivat. Ministeriössä rakastuttiin ja seurusteltiin ihan kunniallisesti, rellestyksen ohella. Todistuksena olivat lukuisat avioliitot, jotka olivat saaneet alkunsa työpaikalla. Oli varsin tavallista, että aviopuolisot työskentelivät samalla osastolla, vieläpä niin, että toinen esimiehenä päätti puolisonsa palkasta.

Jos työ oli ykkössijalla elämässä, missäpä muualla mahdollisia partnereita olisi tavannutkaan? Mielenvirkistystä ja kosteita tilaisuuksia oli tarpeeksi talon sisällä, niissä saattoi tutustua muiden osastojen mielenkiintoisiin yksilöihin. Alkoholi poisti estoja ja tanssi oman virkamiesbändin tahdissa auttoi tutustumisessa.

Itsenäisyyspäivänä Rauha ei viitsinyt avata lehteä kunniamerkkisivuilta. Kyllä hän tiesi jo, ketkä töissä saisivat kunniamerkkejä, nimilista oli ollut Intranetissa, niin kuin joka vuonna. Esimiehet jakoivat toisilleen kunniamerkkejä ja alemmista virkamiehistä palkituiksi tulivat ne, joiden naamat miellyttivät ja jotka olivat avuliaita ja anteliata, siinä olivat tärkeimmät ansiot. Se oli vallan käyttöä kunniamerkeillä. Esimies teki aloitteen kunniamerkin myöntämisestä, sitten hallintoyksikön raati Elman johdolla, päätti ketkä olivat arvollisia ehdolle ja palkittaviksi. Elma Kutoja oli itse aika usein. Lopullinen päätöksen teki kuitenkin Tasavallan Presidentti, sen jälkeen kun kunniamerkkiesitykset oli toimitettu Ritarikuntien hallitukselle Säätytalolle. Vuosittain jaettiin lähes 5500 kunniamerkkiä.

Toisessa ministeriössä työskentelevä Rauhan entinen mies Reiskakin oli palkittu korkealla kunniamerkillä, vaikka Rauhan oli vaikea ymmärtää mistä avuista ja saavutuksista? Mutta, eihän yksityiselämää otettu huomioon ja hauskana pidetty mies osasi peittää todellisen luontonsa töissä. Jotkut suivaantuivat, jos esimies ei suositellut heille kunniamerkkiä, vaikka he omasta mielestään sen arvoisia olivatkin. Esimerkiksi Eila Surva. He esittivät sitten itse itselleen korkeaa kunniamerkkiä. Kukapa osaisi henkilöä kehua ja suositella paremmin kuin ihminen itse? Varsinkin miespuoliset hakijat läpäisivät Elman seulan ja loistivat kunkkuina ansiomerkkien jakotilaisuudessa, oman aloitteellisuutensa ansiosta.

Rauha ei moiseen halunnut alentua, eikä liioin kerjäämään pomolta suosionosoitusta. Mutta kyllä tilanne katkeroitti häntä.

Kieroutunut ja epäoikeudenmukainen oli ministeriön kunniamerkkikäytäntö Rauhan mielestä. Suosikit juhlivat, mutta moni todellinen vaatimaton työnsankari jäi ilman "kultaa ja kunniaa". Rauha ajatteli, että jokainen ihminen olisi kerran elämässään ollut kunniamerkin arvoinen. Tavallinen ihminen sai myönteistä huomiota niin harvoin.

Paikallisliikenteen bussin ovi oli auki ja siitä rynnisti sisään ihmisiä matkakortit käsissään Rauhan puuskuttaessa paikalle. Bussi seisoi omalla laiturillaan rautatientorilla, jossa kävi melkoinen kuhina, kun ihmiset kiirehtivät töistä kohti kotilähiöitään. Yleensä Rauha kulki junalla, koska se oli nopeampi, mutta joskus, varsinkin perjantaisin työviikon loputtua, hänestä oli mukava istua kaikessa rauhassa bussissa sen kiertäessä lenkkejään. Hän keskittyi töistä ottamaansa iltapäivälehteen, jos oli onnistunut sen saamaan. Yleensä hänen piinaajansa Eila Surva katsoi talon lehtien kuuluvan omiin yksityisetuihinsa.

Tänä nimenomaisena perjantaina Rauha oli tosin yrittänyt mennä junalla. Hän oli kiirehtinyt rautatieasemalle huomatakseen, että juna oli juuri mennyt ja kävellyt laiturille, josta oli arvellut seuraavan junansa lähtevän. Pian oli paikalle tullutkin oikeilla tunnuksilla varustettu punainen paikallisjuna. Hän oli mennyt sisään istumaan ja odottamaan junan lähtöä. Hän oli kuullut, että joku toinenkin oli tullut samaan vaunuun istumaan. Rauha oli syventynyt lukemaan lehteä, mutta vilkaissut jossain vaiheessa kelloaan, todeten, että junan olisi pitänyt lähteä jo ajat sitten! Rauha oli noussut seisomaan sanoen: "Lähteekö tämä juna mihinkään?" Toinen vaunussa olija, keski-ikäinen nainen, oli sanonut ihmettelevänsä samaa asiaa. Naiset olivat lähteneet yhdessä vaunusta ulos ja kysyneet laiturilla seisovalta junailijalta, miksi juna ei ollut lähtenyt. Junailija valisti heitä, että oikea juna oli lähtenyt rautatieasemaa lähempänä olevalta raiteelta. Rauhaa suututti, taas kerran hän tunsi itsensä tyhmäksi. Aamutelevisiossa oli esiintynyt hollantilainen tutkija, joka oli tutkinut tyhmyyttä.

Rauha ajatteli, että olisipa miekkonen tullut häntä tutkimaan, hänhän oli varsinainen tyhmyyden ylistys!

Sisuuntuneena hän kiirehti rautatientorin bussipysäkille ja ehti lähdössä olevaan bussiin. Ajoneuvossa oli hiljaista ja rauhallista, eihän Suomessa ollut suotavaa puhua vieruskaverin kanssa matkan aikana. Kerran eräs juoppo oli huutanut: "Onko tämä bussi täynnä mykkiä?" Mykkien Minä-Minä -maassahan oli luvallista puhua bussissa tai junassa vain kapula korvallaan, silloin sai kailottaa miten kovaan hyvänsä. Tosin jotkut olivat alkaneet valittaa tästäkin tavasta. Suulaita ekstrovertteja täällä pidettiin kylähulluina ja vaiteliaat introvertit olivat ns. normaaleja ihmisiä. Rauha tunsi kuuluvansa kylähullujen porukkaan, vaikka hänen käyttäytymisensä vaihtelikin. Nyt hän kuitenkin jatkoi vaisuna junassa aloittamansa lehden lukemista. Työviikosta väsyneenä hän nukahti melko pian ja heräsi vasta, kun bussi oli kierroksensa tehnyt ja oltiin lähestymässä pysäkkiä, joka oli lähellä hänen asuntoaan. Rauha ajatteli kauhistuneena, että oli kenties kuorsannut ja kuolannut tai kenties jopa pieraissut nukkuessaan. Apua!

Rauha avasi kotiovensa käveltyään portaat toiseen kerrokseen. Sisältä tulvahtivat vastaan kissanpissan, liian kauan seisseen roskapussin ja likaisten astioiden tympeät hajut. Hän sanoi kissalleen: "Huomenna on pakko siivota." Kissa ei uutisesta ilahtunut, se pelkäsi ja inhosi siivoamista, vaikka siisti eläin olikin. Arki-iltaisin Rauha ei jaksanut muuta, kuin lojua sohvalla, kissansa Onni Tuppuranderin kanssa, telkkaria katselellen siihen asti, kunnes siirtyi toiseen huoneeseen yöpuulle. Kuluneella viikolla oli kolmena iltana mennyt myöhään kaupungilla viininhuuruisissa merkeissä, joten kämpässä oli normaalia suurempi sekasotku. Nyt Rauha oli niin poikki, että lämmitettyään valmisaterian mikrossa ja syötyään sen, sekä otettuaan lääkkeensä, hän nukahti heti sohvalle. Kissa tuli hänen vatsansa päälle kehräämään.

Rauha näki unta, että oli äitinsä ja mummonsa kanssa marjassa pienenä tyttönä. Lasten piti kerätä marjoja aikuisten kanssa, ei saanut jäädä leikkimään kävyillä tai muulla löytämällään. Mustikat olivat hyviä, mutta niiden kerääminen oli Rauhan mielestä liian hidasta. Niinpä, kun hän näki mättäällisen suurempia sinisiä marjoja korkeissa varvuissaan, hän keräsi niitä mukillisen ja antoi sen äidille. Aikuiset toruivat häntä, sanoen hänen joko kiusallaan tai tyhmyyttään keränneen juolukoita, joita ei voinut käyttää. Niitä pidettiin jopa myrkyllisinä. Sanottiin, että jos eläimet söivät juolukoita, ne tulivat humalaan. Rauha heräsi tajuten, että unen tapaus oli todella sattunut ja muisti lapsena kokemansa pettymyksen siitä, että hänen poimimansa marjat eivät kelvanneet. Torujakin hän oli saanut omasta mielestään aiheetta. Rauha ajatteli, että ehkä tapahtumasta marjametsässä alkoi hänen kaunansa aikuisia ja myöhemmin esimiehiä ja muita auktoriteetteja kohtaan.

Rauha oli muuttanut kaksioonsa, jossa oli sauna, pari vuotta aiemmin kissansa kanssa, erottuaan Reiskasta. Ennen eroa he olivat asuneet uudessa talossa kadun toisella puolella. Muuttoon ei ollut tarvittu edes pakettiautoa, Rauha oli raahannut vähän kerrassaan tavaraa tien toiselle puolelle polkupyörän päällä ja kantamalla, loput Reiska oli tuonut pikkuautolla. Kissa oli sopeutunut taas kerran asuntoon hyvin. Se olikin ainoa, mitä entisestä elämästä oli jäljellä. Rauha oli joutunut tappelemaan lähes jokaisesta pullonavaajasta Reiskan kanssa, joka oli keräilijäluonne. Lopulta hän oli luovuttanut ja ottanut mukaansa vain sen, mitä taistelematta sai. Kissa oli kiistatta hänen, tosin mies oli jossain vaiheessa uhannut tappaa sen.

Vasta nyt, yli viisikymppisenä, Rauha asui ensimmäistä kertaa elämässään yksin. Nuorena, kotoa lähdettyään hän oli asunut erilaisissa alivuokralaisasunnoissa ja kimppakämpissä ennen ensimmäistä avioliittoaan. Liiton purkauduttua ja miehen muutettua toiseen maahan, jonne Rauha ei ollut tahtonut muuttaa, hän oli asunut poikansa ja kissojensa kanssa pitkiä aikoja kahdestaan. Vuosia ensimmäisen avioliiton jälkeen syntynyt Rauhan poika oli muuttanut pois kotoa siinä vaiheessa, kun hänen äitinsä avioitui Reiskan kanssa. Aikaisemmin he olivat asuneet yhdessä koko pojan siihen astisen elämän ajan. Äidin avioliitto oli ollut liikaa pojalle, niin kuin se oli siihen osallisillekin, kuten muutamassa vuodessa kävi selväksi. Eron jälkeen Rauha pohdiskeli syitä avioitumiseensa. Hän ajatteli olleensa niin kyllästynyt yksinäisyyteen ja yksinhuoltajuuteen, että oli ruvennut suhteeseen vastaeronneen miehen kanssa.

Hän oli tahtonut kokea uudelleen elämän parisuhteessa, ehkä elämänsä loppuun asti. Jonkinlaisesta ihastumisestakin oli kyse.

Hän oli myös halunnut helpottaa poikansa elämää. Yksinhuoltajana hän ei ollut pystynyt kovin hyvään vanhemmuuteen. Hän oli ajatellut, että pojan olisi hyvä saada murrosikäisenä miehen mallia kotiin. Valitettavasti Reiska ei ollut sellainen mies, josta olisi ollut hyväksi esimerkiksi. Ikävistä muistoista huolimatta avioliitosta jäi myös hyviä muistoja kumppanuudesta. Rauhasta oli outoa mennä taas joka paikkaan yksin, juuri kun oli oppinut, miten mukava on mennä yhdessä. Lisäksi piti matkustaa julkisella liikenteellä, omaa, vaikkakin raivopäistä, autokuskia ei enää ollut.

Reiskan kanssa he olivat tutustuneet aikana, jolloin kumpikin oli ollut työttömänä. Se ei ollut paras mahdollinen aika, eikä lähtökohta, seurustelulle. Kai sitä kuitenkin jonkinlaista turvaa haki. Rahaa oli molemmilla vähän, mikä oli kiristänyt hermoja, lisäksi miehellä oli velvollisuuksia edellisen perheensä suuntaan. Viimeisen rakkautensa Rauha oli kokenut jo aloitettuaan seurustelun Reiskan kanssa. Rakkauden kohde ei ollut Reiska. Koska työpaikkaa ei ollut löytynyt, Rauha oli mennyt kurssille, jossa saattoi parantaa kielitaitoaan ja tutustua työelämään sekä kulttuuriin Venäjällä. Kurssilla oli ihme kyllä suurin osa miehiä, naisia oli ollut vain kaksi muuta Rauhan lisäksi. Kurssilaisten totuttaminen paikallisiin oloihin ja kulttuurin aloitettiin sillä, että heidät asutettiin epämääräiseen entiseen Inturistin hotelliin. Rauha sai huonekumppanikseen mustatukkaisen punkkaritytön, jonka kanssa hänellä meni ihan hyvin.

Hyvä asia oli, että jokaisessa huoneessa oli oma kylpyhuone, eikä torakoita ollut. Vuokrat keräsi samalla käytävällä asunut takkutukkainen viinanhuuruinen matami. Alemmassa kerroksessa oli alkeellinen yhteiskeittiö.

Rakennuksen ala-aulaa ja sisääntulijoita vartioi aseistettu turvamies. Rakennuksen kellarikerroksessa oli jonkinlainen salakapakka, jossa majaa piti ulkonäöstä päätellen Kaukasuksen mafia, ja jonka henkilökunta oli silmin nähden peloissaan mafiamiesten paikallaollessa. Kurssilaisilla oli kuppilaan vapaa pääsy ja heitä kohdeltiin siellä hyvin. Talvi Venäjällä oli tavan mukaan ankara, eikä entisessä hotellirakennuksessa ollut kunnollista lämmitystä. Kurssilaisethan olivat oppimassa paikallista kulttuuria, joten juomakulttuurin harjoittaminen piti aloittaa heti ensimmäisenä iltana, koska asuntolassa oli niin kylmä.

Jotkut kaupat olivat auki ympäri vuorokauden ja kioskeissa myytiin alkoholia vapaasti. Vodkaa oli saatavana monia laatuja ja kuohuviinit taattua tavaraa. Halpaakin oli, työttömän kurssilaisen rahat riittivät hyvin. Päivät Rauha oli ollut työharjoittelussa suomalaisen yrityksen konttorissa sekä kielikursseilla, mutta illat menivät usein kosteiksi, varsinkin ryhmän miesporukalta. Kävivät he toki myös oopperassa ja museoissa yhdessä, ettei kulttuuritarjonta jäisi yksipuoliseksi. Lounaalla Rauha kävi työpaikan läheisessä bliniravintolassa. Iltaisin ostettiin ruokaa asuntolaan ja valmistettiin sitä yhteiskeittiössä. Tai syötiin ja juotiin alakerran salakapakassa. Kurssin miehet olivat kaikki ihan ok, mutta useimmat viinaan meneviä. Jotkut myös toivat venäläisiä huoria huoneeseensa.

Silloin asuinkumppanin piti odottaa vuoroaan käytävällä. Eräs miehistä, Erkka, alkoi osoittaa huomiotaan Rauhalle. Miehellä oli perhe Suomessa. Työttömyyden kurimukseen ja taloudellisiin vaikeuksiin hän oli joutunut taattuaan sukulaiselleen suuren lainan. Hän halusi usein puhua elämästään ja ongelmistaan Rauhalle.

Erkka oli samaa ikäluokkaa kuin Rauhakin, vaalea ja hoikka mies. Paha kyllä, hän näytti ryyppäävän eniten koko porukasta. Usein iltaisin, kun Rauha oli jo asettunut yöpaidassaan sänkyyn peittojen alle, seisoi Erkka hänen sänkynsä vieressä ja halusi keskustella. Ovia käytävälle ei pidetty lukossa, vaan ihmiset kulkivat iltaisin huoneesta toiseen. Jotenkin siinä kävi niin, että työpäivien aikana, jolloin ei ollut paljon mitään tehtävää, koska ei osannut kieltä tarpeeksi, Rauha huomasi ajattelevansa Erkkaa. Hän halusi olla tämän kanssa muiden keskellä, kahdenkeskeiseen tunteiluun ei juuri ollut mahdollisuuksia. He alkoivat myös käydä lähiravintolassa, ei salakapakassa, kahdestaan ja Rauha tajusi olevansa rakastunut. Hän oli mustasukkainen Erkasta, vaikka ero oli auttamatta edessä. Rauha ei halunnut olla kolmantena pyöränä kenenkään suhteessa ja olihan hänellä itselläänkin Reiska, joten hänen ja Erkan romanssi loppui kurssin loppuessa. Kotiinpaluun jälkeen Reiska vaistosi jotakin tapahtuneen Pietarissa ja intti ja kyseli niin kauan, että Rauha tunnusti lyhyen suhteensa. Hän ei tuntenut katumusta. Kun Reiska tiukkasi syytä, hän sanoi vain: "Minä rakastuin." Hän tiesi kokeneensa elämänsä viimeisen rakkauden ja hyvä niin.

Asuttuaan vuoden päivät yhdessä he olivat Reiskan kanssa avioituneet erimielisyyksistään huolimatta. Hääasuna Rauhalla oli ollut vanha mekko, jota hän oli käyttänyt kerran aikaisemmin, kummityttärensä häissä. He olivat myyneet puhelinosakkeen voidakseen kustantaa pienet pidot läheisilleen ja tuttavilleen. Anoppi oli maksanut häämatkan Kreikkaan. Aurinkoisimmat muistot avioliitosta olivatkin häämatkan ajalta.

Reiska joi paljon olutta ja Rauha yritti pysyä vauhdissa mukana. Myöhemmin hän ei enää pystynyt ottamaan pisaraakaan olutta. Hän ei ollut koskaan edes pitänyt oluesta, vaan sen juomisen taito oli pitänyt opetella. Sitä paitsi laman aikana oli keskiolutkuppiloita ilmestynyt joka puolelle kuin sieniä sateella. Halpaan keskariin oli työttömilläkin varaa. Rauha ei niissä kuppiloissa ollut viihtynyt, hän oli yrittänyt elää normaalia toimeliasta elämää, vaikkei töitä ollutkaan. Rauhan alettua sairastella avioliiton solmimisen jälkeen, ei Reiskalta ollut herunut empatiaa, päinvastoin, elo muuttui aikaisempaa väkivaltaisemmaksi. Rauha tajusi, että mies oli narsisti, joka halusi henkisesti ja ruumiillisesti alistaa häntä. Reiska rakasti ja ihaili vain itseään. Kaikki ne piirteet, joihin Rauha oli ihastunut olivat osoittatuneet teeskennellyiksi. Mies kaipasi ihailua muilta ihmisiltä ja röyhkeästi sekä ylimielisesti käytti hyväksi näitä. Olihan Rauhaa varoitettu. Jos hän aikoi säilyä hengissä, miehestä oli päästävä eroon. Reiska hänet nopeammin tappaisi kuin sairaudet. Ei Rauha pelkästään miestään avioliiton epäonnistumisesta syyttänyt, vaan ajatteli, että oli hänessä itsessäänkin vikaa. Jollekin toiselle Reiska saattoi olla ihan kelpo aviomies.

Ja niin kävikin, parin vuoden kuluttua erosta mies oli uudelleen aviossa. Ryypättyään aikansa hän oli muistanut nuoruudenrakkautensa, soittanut tälle, ja se oli sitten menoa. Rauha oli Reiskalle siitä kiitollinen, ettei tämä ollut ryhtynyt vainoamaan ja vaanimaan häntä eron jälkeen. He olivat kyllä tavanneet aika ajoin ja ottaneet yhäkin rajusti yhteen, mutta pelon ilmapiirissä Rauhan ei ollut tarvinnut elää eron jälkeen, toisin kuin avioliiton aikana.

Rauha koki saaneensa "avio-onnesta" tarpeekseen, loppuiäksi. Kolmanteen kokeiluun ei ollut aihetta. Eikä hänen ovelleen miehiä koputtelemaan enää tullut. Rauha tyytyi ajatukseen yksinäisestä vanhuudesta. Hän halusi vain olla rauhassa, olihan hänen nimensäkin Rauha. Rauhaa Rauhalle. Tuttavat ja työtoverit pitivät eroa Rauhan syynä (tottakai), niin kuin asia olikin siinä mielessä, että hän oli hakenut eroa. Kukaan ei voinut uskoa, että niin mukava seuramies, kuin Reiska, olisi voinut olla mihinkään syypää. Nalkuttavaa akkaa taas ei kukaan kestänyt, pirttihirmu kotona oli kauhistus, joten Reiska keräsi sympatiapisteet. Rauha onnistui aina olemaan se, jolle myötätuntoa ei herunut, olipa kyse mistä asiasta hyvänsä.

Muuttettuaan nykyiseen asuntoonsa Rauha oli ollut niin riitojen ja tupakansavun kyllästämä, että ensimmäiset pari viikkoa uudessa kämpässään hän oli vain nauttinut siitä, että sai olla yksin. Kotiin tullessa ei tarvinnut pelätä, mikä vastaanotto siellä olisi, alkaisiko riitely ja tappelu heti vai myöhemmin. Vain kissa oli ovella vastassa ja se oli aina tyytyväinen, kun hän tuli. Olihan se tietysti eläimellekin outoa, että heitä nyt oli vain kaksi ja eläinraukka joutui siitä syystä olemaan suurimman osan vuorokaudesta yksin. Se vaatikin äänekkäästi ruokaa ja rapsutuksia heti, kun Rauha nenänsä ovesta sisään pisti. Kun kissan tarpeet oli tyydytetty, saattoi Rauha keskittyä voimattomana lepäilyyn.

Rauhan kisumirri oli herkkä ja tunteellinen yksilö, joka lohdutti aina, kun Rauhaa itketti ja siinä elämän vaiheessa itketti usein. Kissa katsoi häntä suuri silmin, tuli puskemaan ja nuolemaan. Lisäksi se oli kaunosielu, joka piti erityisesti urkumusiikista, jos sellaista kuului radiosta tai televisiosta, kissa katsoi Rauhaa kohtalokkaan näköisesti: "Kuuletko, hyvää musiikkia", kehräsi ja pyrki syliin. Sitten he viettivät hetken ylevää musiikkia kuunnellen. Oopperamusiikkiakin, jossa oli suuria tunteita, joihin saattoi myötäeläytyä, he kuuntelivat paljon. Kissa katsoi myös joskus televisiosta luonto-ohjelmia, varsinkin linnuista kertovia. Kun Rauha oli muuttanut kaksioonsa, hänen yläpuolellaan oleva asunto oli ollut tyhjillään. Hän ehti iloita tupakansavuttomuudesta, kunnes muutaman viikon jälkeen kaksioon muutti äijä, joka oli varsinainen himotupakoitsija. Tupakansavua tunki sisään myös ulko-oven edessä tupakoivilta. Jatkuvasti sai yskiä ja kakoa myrkyllisten katkujen takia.

Ei Rauha vastustanut tupakointia, eikä tupakoitsijoita, siitä hän vain oli pahoillaan, että vaikkei itse ollut eläessään tupakoinut, oli silti niin paljon altistunut nikotiinille, että saattoi olla vaarassa sairastua keuhkosyöpään. Ennen sai tupakoida työpaikoilla, tarvitsematta mennä ulos tai erityiseen tupakointitilaan. Hän muisteli olleensa nuorempana jopa niin tyhmä, että oli viihtynyt tauoilla tupakkaporukoissa, koska niissä kuuli parhaat jutut! Vuosia sitten, nuoruudessa, kaverit sanoivat olevan ihme, ettei Rauha tupakoinut, koska hän oli sitä tyyppiä, joka yleensä poltti. Joihan hän viinaakin. Alkoholi oli eri juttu, mutta tupakkaa hän ei ollut milloinkaan halunnut edes kokeilla. Ehkä hermosauhut olisivat rauhoittaneet ja antaneet mahdollisuuden poistua hankalista tilanteista. Töissä heidän työyhteisössään vain Fanni poltti ja käyttikin ahkerasti tilaisuuksia tupakkataukoihin.

Rauhan kohtalona oli tupakansavu, joka häntä ei rentouttanut, vaan häiritsi sekä ruumiillisesti että henkisesti. Sitä paitsi, hän ajatteli, oli epäoikeudenmukaista tupakoimattomia kohtaan, että työelämässä tupakkatauot hyväksyttiin, mutta jos tupakoimaton meni ulos tyhjän päiten seisoskelemaan tai istui tekemättä mitään, häntä tultiin pian komentamaan töihinsä. Eikä edes kotonaan saanut, Rauhan tapauksessa, nauttia savuttomasta ilmasta.

Rauhan asuttua pari viikkoa kaksiossaan, hän eräänä iltana kuuli televisiota katsellessaan, kuinka ovikellot kilisivät, mutta kukaan ei tuntunut avaavan oveaan. Kissa höristi korviaan. Lopulta soitto kuului hänen oveltaan ja ovisilmästä katsottuaan hän näki ylimmässä kerroksessa asuvan naisen ja nuoren pojan, joilla ei näyttänyt olevan kaikki kunnossa.

Rauha raotti ovea, jolloin nainen sanoi: "Meitä on puukotettu, soita poliisi". Rauha näki, että pojan toisesta jalasta oli housunlahje halki ja pohkeesta suihkusi verta. Hän tajusi, että vuoto pitäisi saada tyrehdytetyksi ja haki pyyhkeen ennen hätänumeroon soittoa. Nainen kertoi, että häntä oli pistetty selkään ja että puukottaja oli heidän kanssaan asuva mielenterveysongelmista kärsivä nuorimies. Rauha säikähti ja hermostui niin kovasti, että seisotti puukotettuja porraskäytävässä, eikä pystynyt puhumaan tapahtumatietoja pelastuslaitokselle, vaan antoi luurin naiselle, joka piti linjaa auki ambulanssin ja poliisin tuloon asti. Hän itse meni ulko-ovelle odottamaan apua, vaikka tajusi, että puukottaja oli vapaalla jalalla ja saattaisi tuikata häntäkin. Rauha ei vain pystynyt olemaan tilanteessa. Kissakin säikähti niin, ettei yrittänyt karata rappuun, niin kuin yleensä. Ambulanssin tultua Rauha meni miesten kanssa takaisin sisään. Joku pelastusmiehistä käski häntä siivoamaan porrastasannetta verestä, jota pojan jalasta oli valunut runsaasti, pyyhkeestä huolimatta. Rauha haki vettä ja ämpärin ja luututessaan tunsi ikään kuin kissanpissan hajua, hän ei tajunnut, että veri tuoksui samantapaiselta.

Kukaan naapureista ei avannut oveaan, eikä tullut katsomaan, mitä tapahtui, vaikka täytyihän äänten kuulua kaikuvassa porraskäytävässä. Kellokin lähenteli jo puoltayötä. Sellaista oli suomalainen toisista välittäminen 2000-luvulla Minä-Minä -maassa. Uhrien ja pelastajien poistuttua Rauha itki ja vapisi kuin horkassa. Siinä vaiheessa hän kaipasi Reiskaa, ajatellen, ettei olisi yksin joutunut kohtaamaan puistattavaa tilannetta, jos olisi ollut aviossa.

Rauha oli itse ollut väkivallan kohteena lapsesta asti, muttei ollut aikaisemmin auttanut muita siinä tilanteessa olevia. Hän oli lähtenyt väkivaltaa karkuun, mutta oli joutunut sen kanssa silmityksin uudessa asuintalossaan. Hän soitti Reiskalle ja kertoi mitä oli tapahtunut, välittämättä siitä, että kuuli peittelemätöntä vahingoniloa Reiskan äänestä. Tapahtuman jälkeen Rauhan perusturvallisuus järkkyi pahemman kerran, eikä hän hevillä avannut oveaan kenellekään. Aamulla hän soitti isännöitsijälle ja kertoi tapahtuneesta, sanoen järkyttyneensä pahemman kerran, koska oli luullut muuttaneensa rauhalliseen taloon. Isännöitsijä pysyi yhä kannassaan, että talo oli rauhallinen, tapahtui mitä tapahtui.

Lauantaiaamuna Rauha avasi asuntonsa oven ja astui porraskäytävään lähteäkseen ruokakauppaan. Kissa yritti lähteä mukaan, mutta Rauha tunki sen takaisin eteiseen. Ei se tosin enää niin usein ollut mukaan lähdössä kuin pentuna ja nuorena kissana, jolloin se onnistui joskus huomaamatta luikahtamaan rappuun ja kävi haistelemassa kaikkien ovien takana. Eihän se mitään pahojaan tehnyt, se oli vain luontaisen utelias. Silti, jos joku naapuri sen sattui näkemään, tuli syytöksiä kissankusesta ja lappuja ilmoitustaululle, kuinka lemmikkieläimet piti tiukasti teljetä omaan asuntoonsa, etteivät ne karvaisilla tassuillaan saastuttaisi ihmisten pyhää porraskäytävää, jota he kyllä itse roskasivat estoitta.

Viikonloput olivat tiukasti ohjelmoituja, lepoaikaa ei niihin juuri jäänyt. Jos ihmisen sisällä oli kaaos, piti ulkoisen ympäristön olla järjestyksessä. Piti käydä kaupassa, tehdä ruokaa ja leipoa, siivota joka lauantai, piti pestä ja silittää pyykit, käydä uimassa ja kymmenen kilometrin sauvakävelylenkillä ja mielellään vielä osallistua kulttuuririentoihin ja tavata tuttujakin. Kaksi vapaapäivää meni nopeasti, sunnuntai-iltana ei uni tullut, kun mielessä oli seuraavan aamun aikainen herääminen ja työtovereiden kohtaaminen. Unettomuus oli vitsauksista pahimpia, mikä ihmistä saattoi kohdata. Rauha ei ollut nuorempana kärsinyt unettomuudesta, vaan oli nukahtanut heti kun oli sänkyyn köllähtänyt. Nyt oli toisin, usein unentulon estivät kivut, naapureiden metelöinti ja tupakan katku, mutta useimmiten päässä mylläävät ajatukset, joiden ei ollut tarkoitustakaan levätä.

Sinnikkäästi hän kuitenkin makasi vuoteessaan ja, jos uni sattui tulemaan, heräsi yleensä aamuyöstä, suden hetkellä, kolmen maissa ja sitten unen päästä ei enää saanut kiinni.

Rauhalla oli kroonisia vatsavaivoja ja vatsanvääntteitä, joten välillä koko yö meni vessassa ravaamiseen. Joskus pöntöllä istuessaan hän oli toki kiitollinen nykyajan hygieniaoloista. Hän muisti, kuinka oli jo pienenä lapsena joutunut menemään pimeässä yksin taskulampun kanssa pihan perälle valottomaan puuhuussiin. Haju oli ollut yököttävä, sai pelätä, että putoaa reiästä alas ja pylly piti pyyhkiä sanomalehden kappaleeseen, joka raapi takaliston verille. Rottiakin siellä oli. Nyt sai sentään toimitella asiansa lämpimässä ja valoisassa kylpyhuoneessa, joka oli makuuhuoneen vieressä. Toisinaan öisin sietämättömät suonenvedot vaivasivat niin, että piti huutaa ääneen ja nousta ylös jalkoja liikuttamaan. Hän söi kylläkin tunnollisesti magnesiumtabletteja, joiden sanottiin ehkäisevän suonenvetoja.

Oli ollut aika, jolloin hän oli ajatellut, että nukkuminen oli parasta elämässä, nyt hän pelkäsi makuulle menoa. Ei se sitä ollut, että hän olisi kaivannut Reiskaa, tai ketään muutakaan, päinvastoin hän nautti siitä, että sai olla yksinään. Kissan seura riitti hänelle, se tuli aina nukkumaan hänen jalkoihinsa ja kuorsasi äänekkäästi. Kuorsaaminen toi turvallisuuden tunteen ja Rauha tiesi, ettei ollut kokonaan yksin. Joskus aikaisemmin Rauha oli miettinyt: kumpi on oikeaa elämää, uni vai valve? Ehkä elämmekin todellisen elämämme unissa? Niissä värit ja tunteet ovat niin voimakkaita, ettei sellaisia valveilla ollessaan voinut kokea. Elämä oli unessa jotenkin selkeää. Asiat selvisivät. Ehkä unissa olemme todellinen oma itsemme, emme tuomitse itseämme emmekä muitakaan. Ehkä niin kutsuttu valveillaolo olikin vain jotain suttuista horrosta ja unitila oikeaa elämää?

Toinen syy nukahtamisvaikeuksiin ja unettomuuteen työpaikan ongelmien lisäksi oli ikä. Keskellä yötä saattoi herätä kovaan hikeen pää ja yöpaita märkinä. Rauha ei ollut koskaan ennen hikoillut niin paljon, päinvastoin hän oli hikoillut harvoin. Mutta nyt, miten päänahassakin saattoi olla niin paljon hikirauhasia? Öiden lisäksi hiki kirposi usein päivälläkin odottamattomissa tilanteissa:, naama punotti ja olo oli märkä ja saastainen. Rauhasta tuntui, että hän haisi vanhalle naiselle. Kitkerä haju seurasi häntä aina, sen hän huomasi itsekin. Hygieniastaan hän ei tinkinyt, mutta ei hän ollut sitä hikoilusta huolimatta lisännytkään. Aamuisin hän kävi suihkussa ja vaihtoi samalla puhtaat vaatteet päällensä.

Pyykinpesu oli tosin nykyisin sotkuista hommaa, pyykit haisivat kitkerälle koneesta otettaessa (huuhteluaineita Rauha ei käyttänyt) ja niistä pölisi harmaita hiutaleita. Konekaan ei ollut puhtaan tuntuinen, vaan sinne kerääntyi eräänlaista mutaa. Talvisin Rauhalle tuli kutisevaa ihottumaa, joka alkoi niskasta, levisi alas selkään ja käsivarsiinkin. Kait se kaikki johtui zeoliitista, Rauha ajatteli. Koko touhu oli jotenkin turhaa, kun puhdasta jälkeä ei tullut. Aina hän kuitenkin tunki käyttämänsä vaatteet koneeseen ja antoi koneen pyöriä pari kertaa viikossa. Saunassa oli hyvä kuivata pyykkejä. Rauha ei ymmärtänyt, kuinka ihmiset voivat polttaa saunansa pyykinkuivauksen takia? Hän itse ripusti pyykit telineeseen kauaksi kiukaasta. Kun kiuas oli päällä, hän otti pyykit pois saunasta. Niin kiire ei pyykkien kuivamisella koskaan ollut, että niitä olisi pitänyt kiukaalle levitellä!

Koko elämä oli yhtä hurlumheitä. Rauha koki, että oli joutunut liian monien muutoksien ja vastoinkäymisten keskelle, samaan aikaan kun hänen kehonsa alkoi käyttäytyä erilaisesti kuin ennen. Avioerossa koittaneesta vapaudesta huolimatta hänestä tuntui, ettei hän enää pystynyt hallitsemaan itseään ja tekemisiään. Itse asiassa hänellä ei ollut mitään sananvaltaa omaan elämäänsä, vaan hän oli täysin muiden armoilla. Hän tunsi olevansa robotti, joka teki, mitä oli ohjelmoitu tekemään, mutta koneisto oli kulunut ja alkanut ruostua. Aamulla junalla töihin, illalla takaisin, lyhyt yöuni ja sama uudestaan päivästä päivään. Sitäkö koko elämä oli ja oliko sellainen enää mitään elämää? Teki mitä hyvänsä, aina oli joku osoittelemassa sormella ja neuvomassa, miten olisi pitänyt tehdä ja elää. Muut tiesivät kaiken ja hän itse aina vähemmän. Kun hän oli ollut lapsi ja nuori, vanhemmat ihmiset olivat olleet aina oikeassa ja hän oli kuunnellut heidän neuvojaan. Nyt, kun hän itse oli vanhentunut, kukaan ei kuunnellut hänen neuvojaan, vaan nuoremmat olivat aina oikeassa. Hänhän oli "vain Rauha": ruma, vanha ja lihava nainen.

Oman kissansa lisäksi Rauhalla oli kaksi kissahoidokkia, joita hän kävi ruokkimassa joka arkipäivä aamuin illoin. Viikonloppuisin hän yritti olla niiden kanssa vähän pidempäänkin. Niiden emäntä ei kotona viihtynyt, vaan liikkui työ- ja lomamatkoilla ympäri maailmaa. Useat joulut ja muut merkkipäivät Rauha oli viettänyt kotona, koska ei päässyt lähtemään mihinkään kissojen takia. Vaikka hän olisi ollut kuinka myöhään tahansa iltariennoissa, ja vaikka hän olisi ollut kuinka paljon viiniä juonut, aina hän muisti kissahoidokkinsa ja kävi ruokkimassa ne ennen kotiin oman kissansa luokse menoa. Eiväthän kissahoidokit siitä pitäneet, että joutuivat viettämään suurimman osan vuorokaudesta keskenään ja olivat vihaisia, kun Rauha teki poislähtöä. Ne tarttuivat häntä nilkkaan, purivat ja potkivat takatassuilla. Mutta kun ei ihminen voinut olla kahdessa paikassa yhtä aikaa! Eikä hoidokkeja voinut ottaa omaan asuntoonsakaan, koska kaikki elikot olivat jo vanhoja. Sellaiselta hermojärkytykseltä, että asuntoon tulisi lisää kissoja hän halusi oman Onni Tuppuranderinsa säästää. Rauha ei saanut vuosikausia jatkuneesta ylimääräisestä työstää mitään rahallista korvausta, hän vain piti eläimistä, kissoista erityisesti, ja hoiti niitä sen takia. Eläimet olivat vilpittömiä ja uskollisia, ihmiset eivät.

Kaupassa käytyään Rauha aloitteli siivousta ja ruoanlaittoa. Viikolla hän ei jaksanut, eikä ehtinyt keitellä, vaan kävi ruokatunnilla syömässä jossakin valtion ruokalassa tai lähiravintoloissa, ministeriössä ei ollut omaa ruokalaa. Tai sitten hän osti kaupasta eineksiä, joita lämmitti mikrossa ja söi työpaikalla. Hän suosi kasvis- ja kalaruokia, mutta koska hänellä oli taipumusta anemiaan, oli välillä pakko ostaa jauhelihaakin. Rauha valmisti yleensä jotakin keittoa ruoaksi sekä marjapuuroa tai kiisseliä välipalaksi niin paljon, että niistä riitti useammaksi päiväksi. Vaikkei marttoihin kuulunutkaan, hän ei ollut uusavuton.

Jos poika tyttöystävineen oli tulossa sunnuntailounaalle hän laittoi useamman ruokalajin aterian, jonka valmistamiseen meni koko aamupäivä ja iltapäivä kului sitten seurusteluun ja saunomiseen. Rauha ei valittanut, vaan oli tyytyväinen, niin kauan, kuin poika halusi käydä hänen luonaan syömässä. Yleensä Rauha leipoi vielä sämpylöitäkin ja marja- tai omenapiirakan viikonlopun iltapäiväkahveille. Hänen mielestään leipominen rentoutti, ja oli mukavaa, kun oli jotakin makeaa kahvin kanssa. Aina leipomukset eivät onnistuneet, mutta Rauha söi ne kuitenkin, olihan niiden valmistamiseen mennyt rahaa ja aikaa. Nuorille hän vähätteli aikaansaannoksiaan, vaikka nämä olivat täysin tyytyväisiä tarjoiluihin ja söivät hyvällä ruokahalulla.

Onni-kissa ei todellakaan siivoamisesta pitänyt, varsinkin pölynimuria se pelkäsi, ja paineli äänen kuullessaan saunan lauteiden perälle makaamaan. Ei siivoaminen Rauhankaan suosikki ollut kotitaloustöiden joukossa, mutta pakko mikä pakko. Kun lattiat oli pyyhitty kostealla ja siivous oli loppuvaiheessaan, kissalle tuli joka kerta hirveä pissahätä ja nälkä. Se kävi tarpeillaan hiekkalaatikossa, kaiveli ja peitti voimallisesti ja juoksi sitten suoraan keittiön pöydälle, savisia jälkiä ympäri lattioita jättäen. Rauha huusi ja kirosi joka kerta, mutta kissa ei tapojaan muuttanut, ruokaa oli pakko saada juuri sillä hetkellä. Rauha avasi annospussin ja laittoi kissan lautaselle murkinaa sekä pyyhki lattiat uudelleen. Syömisen jälkeen Onni-kissa meni takaisin saunaan tarkkailemaan, milloin matot olivat lattioilla ja Rauha avannut television ja asettunut sen ääreen. Siitä alkoi heidän pyhäpäivän viettonsa, lauantai-iltana kello 18, niin kuin se oli Rauhan lapsuudessakin alkanut. Silloin oli kuunneltu radiosta Lauantain toivottuja, nyt katsottiin telkkarista mitä sieltä sattui tulemaan. Rauha piti dekkarisarjoista. Sunnuntaiaamun Rauha pyhitti lehden luvulle, vaikka olisi ollut miten kiireinen aikataulu tiedossa. Hesari oli kallis, mutta silti hän tilasi sunnuntainumerot kotiinsa, oli tehnyt niin jo vuosikymmeniä. Arkipäivisin hän selasi lehden työpaikallaan.

Television hän myös avasi, mutta koska ei kestänyt katsoa, mielestään väkivaltaisia luonto-ohjelmia, hän käänsi kanavalle, josta tuli vallan mainio lastenohjelma, Katti Matikainen. Nuori nainen neulotussa viirupuvussa esitti kissaa ja vieraili eri paikoissa. Joskus lastenohjelmassa ratsasti Tuttiritari, josta Rauha ei pitänyt yhtä paljon, vaikka olihan nimi huvittava. Hän ajatteli, että oliko hän ehkä jäänyt kehityksessään lapsen tasolle, vai oliko jo tulossa lapseksi jälleen? Kun poika oli ollut pieni, he olivat arkipäivisin kotiin tultuaan katsoneet yhdessä Pikkukakkosta, sen itäsaksalaista Nukkumattia, puolalaista Pikku Nallea ja suomalaista Ransu-koiraa. Ehkä Rauha halusi vielä eläytyä sen aikaisiin tunnelmiin. Nyt poika oli jo aikuinen ja opiskeli tällä hetkellä Saksassa, mutta oli tulossa joulua viettämään Suomeen, joten sunnuntailounailla olisi mukava tavata joululoman ajan.

Lehden luettuaan Rauha lähti ulkoilemaan ennen lounasvalmisteluja, jos ehti. Hän oli rakastunut, rakastettu oli läheisellä omakotialueella sijaitseva pienenpieni keltainen, valkonurkkainen talo. Rauha kävi rakastettuaan katsomassa joka kävelykierroksellaan. Ei haitannut, vaikka siinä asui muita ihmisiä, hän seisahtui aina ihailemaan. Tontti oli pieni ja talossa oli ehkä kaksi huonetta keittiön lisäksi, mutta sellaisen asunnon hän olisi juuri halunnut itselleen. Kun hän oli ollut Reiskan kanssa aviossa, heidän yhteinen haaveensa oli ollut mummonmökki eläkepäiviksi, mutta se toive ei toteutunut.

Kyllä hän mummonmökin haluaisi vieläkin, jos saisi asua siellä yksin kissansa kanssa. Pieneltä keltaiselta talolta lenkki jatkui joenrantaan, jossa oli vaihtuvat maisemat vuodenajan mukaan.

Tänä vuonna syksy oli ollut lämmin, eikä lunta ollut kuin satunnaisesti, liukkautta piti kuitenkin varoa. Inhottavinta talvessa olikin juuri liukkaus. Edellisenä vuonna Rauhalta oli murtunut ranne kaatumisen seurauksena. Työtoverit olivat käytöksellään osoittaneet, että hän oli kaatunut tahallaan, ilmeisesti kännissä, vain saadakseen pitkä sairausloman. Niinpä, hehän, hehän kaiken paremmin tiesivät.Kävelylenkki oli pitkä, mutta sauvat vähensivät kaatuilun vaaraa ja auttoivat lisäämään nopeutta. Raikkaassa ilmassa oli hyvä hengittää ja kävellessä apeat ja sotkuiset ajatuksetkin kirkastuivat ja kevenivät. Puolivälissä lenkkiä askel alkoi kuitenkin hidastua, silmissä sumeni ja tuli outo olo, kylmä hiki kihosi. Verensokeri oli laskenut alas. Onneksi Rauhalla oli taskun pohjalla pari karkkia, hän pysähtyi sillalle katselemaan sulaan veteen ja söi sokeripitoisen välipalan, jonka jälkeen saattoi jatkaa matkaa kotiinpäin. Kerran, kun hänellä ei ollut mitään syötävää mukanaan, hänen oli pitänyt syödä pihlajanmarjoja jaksaakseen kotiin asti. Kokemus oli kiusallinen, mutta toisaalta oli hyvä pysähtyä ja huilata hieman, eikä vain koko ajan suorittaa kävelemistä.

Rauha oikaisi metsän läpi, päästäkseen nopeammin perille. hän harkitsi nykyään joka kerta kahdesti, uskaltaisiko vai ei mennä metsän läpi? Metsä oli valtion metsää, jossa kulki kunnollinen pururata ja talvella hiihtolatu. Kesällä siellä oli mustikoita ja syksymmällä sieniä, joita Rauha oli käynyt keräämässä, vaikka lenkkeilijät töllöttivätkin. Viime syksynä oli sattunut kuitenkin karmeita asioita, ensin suolta oli löytynyt kuollut nainen, hän oli lukenut siitä lehdestä. Tapauksen jälkeen, valoisaan aikaan illalla, Rauhan kimppuun oli ollut käymässä suurikokoinen äijä kumisaappaissaan, ihan lenkkipolun vieressä. Jälkeenpäin Rauha oli ajatellut, että ei tiedä vaikka se olisi ollut ihmissusi, niin karmealta tyyppi näytti. Onneksi hän oli vilkaissut taakseen. Sillä kerralla Rauhan vaivaiset polvet olivat toimineet, hän oli lähtenyt karkuun viime hetkellä, taakseen katsomatta. Ihme kyllä, hän oli huomannut ennenäkemättömän polun, jota pitkin pääsi pururadalta asuntojen lähelle ja sitä myötä isolle tielle.

Ihmissusi-tapauksen jälkeen Rauha ei ollut uskaltanut enää kulkea sillä suunnalla, jossa hirmu oli häntä ahdistellut. Äskettäin, kun hän oli ollut keräämässä havuja maljakkoon lähestyvän joulun kunniaksi, hän oli nähnyt erään naisen astelevan reippaasti kävelysauvojen kanssa juuri "väärään suuntaan" ja tulevan pian juoksujalkaa sauvat ojossa takaisin. Ilmeisesti ihmissusi väijyi talvellakin. Jos oli naiseksi syntynyt, piti aina olla varuillaan, ei voinut keskittyä luonnosta nauttimiseen ja omissa ajatuksissa olemiseen. Aina piti, jos ei pelätä, ainakin olla varuillaan.

Ihmissusien lisäksi oli susi-ihmisiä, heitä oli varsinkin aamutelevisiossa, mutta näki heitä joskus kadullakin. Vaikka Rauha ei heitä pelännyt, ei hän halunnut kuitenkaan tutustua keneenkään sen näköiseen. Susi-ihmiset olivat kasvoiltaan aika kauniita, mutta jotain hurjaa heissä oli, silmät toljottivat oudosti tai olivat vihaiset, vaikka korvasta korvaan ulottuva suu hymyilikin paljastaen kaikki valkoiset hampaat, viimeistä takahammasta myöten. Korvanlehdet saattoivat olla ilman nipukkaa, ikäänkuin suoraan poskessa kiinni. Eräs miespuolinen toimittaja oli sellainen. Rauha pelkäsi aina, saako hän hurjan luonteensa hallittua, vai hyökkääkö haastateltavan kurkkuun? Nadjan ja Sepon haastattelema nuori naispuolinen esikoiskirjailija turkoosissa mekossaan oli myös ihan selvä susi-ihminen, pelottava näky välkkyvine hampaineen.

Eräänä päivänä aamutelevisiossa oli ollut itse ihmissusien ja susi-ihmisten kanta-isä Martti Huuha Innanen maalauksineen. Rauha oli nauranut katketakseen nähdessään "Tyrnäväläinen Ihmissusi" -maalauksen, jossa susi seisoi kumisaappaissaan. Hän muisti syksyisen kauhukokemuksensa kumisaappaisesta ihmissudesta, joka ei ollut ollenkaan sympaattinen, toisin kuin taulun hahmo.

Lilja Kivenkolon ovi oli raollaan. Rauha meni kahvikuppinsa kanssa tauolle Liljan luokse, vaikka toisaalta häntä harmitti, että kävi siellä ruikuttamassa vastoinkäymisiään ja pahaa oloaan. Oli Liljan omassakin elämässä ikävyyksiä, kotona oli ongelmia lasten kanssa ja töissä hän oli samojen henkilöiden hampaissa kuin Rauha. Liljaa kyllä kunnioitettiin hänen koulutuksensa ja työnsä vaativuuden tähden, toisin kuin Rauhaa, joka oli alinta kastia (vaikka hänellä olikin enemmän koulutusta kuin itseään erittäin korkeatasoisena pitävällä Eilalla). Liljalla oli tietotekniikka hallussaan, joten usein Rauha joutui turvautumaan häneen työtehtävissään. Lilja ehdotti, että kun Eila, tai joku muu yksikön silmäätekevistä tulee Rauhan huoneen ovelle kiukkuisena antamaan komentojaan, Rauha alkaisi nauraa ja sanoisi, että toinen näytti niin hassulta vihaisena! Sellaista ei Rauha uskaltanut ajatellakaan. Sitä paitsi yleensä kävi niin, että jos huomattiin, että Rauha oli kahvitauolla, tuli joku, yleensä Henriikka, hakemaan hänet työhuoneeseensa kiireellisten töiden ja puhelimen ääreen. Olihan Rauhalla kännykkäkin, mutta hän ei kääntänyt puheluja siihen, koska halusi olla hetken omissa oloissaan.

Yksikössä oli vakituisten lisäksi vaihtelevasti muitakin määräaikaisia, yleensä vailla vakituista työpaikkaa olevia akateemisia nuoria, sekä kesäisin kesäharjoittelijoita. Itseään huomattavasti nuorempien kanssa Rauha tuli hyvin toimeen. Paras kaveri työpaikalla oli Seidi, jota ilman hän ei ehkä olisi selviytynyt, eikä jaksanut ollenkaan. Seidi oli Rauhan vastakohta, nuori, vastavalmistunut, kaunis ja varakas sekä vielä musikaalisesti lahjakas. Vakituista virkaa hän ei kuitenkaan ollut onnistunut saamaan. Seidi lauloi bändin solistina ja Rauha hengaili bändärinä keikoilla. Hän kuvasi digikameralla Seidiä ja vilkutteli tälle, niin että bändin pojat luulivat hänen olevan Seidin äiti (joka itse asiassa oli Rauhaa nuorempi). Kerran Rauha oli ollut klubille mennessään niin humalassa, että oli ollut vaikeaa selviytyä edes pääsylipun ostosta. Ennen keikkaa oli nimittäin ollut yksikön pikkujoulut ja Rauha oli taas ryystänyt liikaa punaviiniä kestääkseen huonommuuden tunteensa. Klubilla hän joi vain vettä, jotta selviytyisi töihin seuraavana aamuna.

Töiden jälkeen Rauha ja Seidi kävivät usein nauttimassa jossakin lähikuppilassa lasilliset viiniä ennen kotiin menoa, kevään ensimmäisiä päiviä he juhlistivat nauttimalla gintonicit Kappelin terassilla. Joskus he kävivät elokuvissakin. Seidillä, vaikka oli nuori, kaunis ja lahjakas, ei ollut vakituista poikaystävää, ehkä edellisistä syistä johtuen, sillä miehet pelkäsivät liian tasokasta naista. Hän oli kunnollinen perhetyttö, jolle isä oli ostanut oman asunnon. Hän oli "too good to be true", miesten itsetunto ei sitä kestänyt. Usein Seidin ja Rauhan mukana oli toinenkin kunnollinen perhetyttö, Kaisla, joka oli jo siirtynyt pätkätöihin seuraavaan ministeriöön ja hänen tilalleen oli otettu uusi harjoittelija. Saivathan nuoret työkokemusta ja jonkinlaista meriittiä tulevaa työuraansa varten, vaikka rahallinen korvaus ministeriössä olikin minimaalinen. Rauha ajatteli, että ei enää pidä paikkaansa sanonta, että "valtion leipä on pitkä ja kapea", kyllä se oli myös leveä, jos viran onnistui nuorena saamaan. Turvallinen valtion leipä oli ainakin suurten ikäluokkien edustajille.

Niille, jotka olivat ajoissa älynneet julkisen sektorin hommiin hakeutua. Jostakin tilastosta Rauha oli lukenut, että naisjohtajien palkat valtiolla olivat korkeampia kuin yksityisten maksamat. Ei ollut tietoa työttömyydestä eikä kilpailuyhteiskunnasta, joka tosin uudella vuosituhannella alkoi rynniä sisään virastoihinkin.

Jostain syystä kaunottaret hyväksyivät Rauhan ystäväkseen. Ehkä hän, pallomahaisena ja punanaamaisena sammakkona, antoi sopivaa vertailukohtaa ja sai heidät itsensä näyttämään entistä kauniimmilta. Rauhaa se ei haitannut, olivatpa syyt mitkä hyvänsä, hän oli esteetikko, joka arvosti kauneutta sen kaikissa muodoissa. Kaunotar oli myös Rauhan ystävä Ellida, joka eli murheellista elämänvaihetta ja oli yhtä sekaisin kuin Rauhakin, joten he antoivat jonkinlaista vertaistukea toisilleen. Ellida oli ollut vuosikausia ulkomailla miehensä työn takia ja synnyttänyt kaksi lasta siellä. Mies oli rikkaasta helsinkiläissuvusta oleva korkea virkamies. Ellidalla oli itselläänkin akateeminen koulutus. Kun perhe oli palannut takaisin Suomeen, Ellida oli halunnut palata työelämään, ja oli saanutkin määräaikaisen viran ministeriöstä. Jonkin aikaa hänellä ja miehellä oli ollut sama työpaikka. Melko pian Ellidalle oli selvinnyt, mitä peliä mies töissä piti, sillä tällä oli suhde nuoreen naispuoliseen avustajaansa. Ellida oli hakenut eroa ja saanut sen, mutta lasten huollosta oli kehittynyt monivuotinen ja raskas taistelu oikeusprosesseineen. Ellida asui nyt yksin, mies oli vienyt perheen koirankin. Kun tieto avioerosta oli levinnyt ministeriössä, ei Ellidan olisi tarvinnut olla yksin, päinvastoin hän ei saanut hetkenkään rauhaa ympärillä pörrääviltä seuralaisehdokkailta. Kaikenlaiset miespuoliset vaanijat, ikään, kokoon ja arvoasemaan katsomatta, olivat hänelle tekemässä ehdotuksiaan, lääppimässä ja pyytelemässä vaikka mihin. Kaikki se oli outoa Ellidalle, joka oli vuosikausia elänyt miehelleen ja lapsilleen. Eräänäkin iltana henkilökunnan illanvieton jälkeen Rauha oli hätistänyt Ellidan kimpusta "kunnianarvoisan" vanhan virkamiehen, joka oli raahaamassa humaltunutta naista asunnolleen. Kyseinen virkamies oli yksi niistä, jotka eivät tervehtineen Rauhaa koskaan, eihän häntä ollut heille olemassakaan. Nyt Rauha sai kostettua edes kerran.

Ellida ei kuitenkaan, toisin kuin Rauha, halunnut olla pitkään yksin, vaan etsi kumppania internetin seurustelupalstoilta, ja kyllähän sielläkin tarjokkaita oli. Lopulta löytyi eräs Jarmo, johon Ellida takertui, mutta mies ei ollut valmis sitoutumaan. Naiset viettivät edelleen paljon aikaa töiden jälkeen kuppiloissa keskenään. Koska Ellida oli kaunis ja suosittu, löytyi hänelle ihailijoiden lisäksi myös lukuisia selkäänpuukottajia omalta osastolta. Hänkin sai huomata, että pahin lasikatto naiselle työelämässä oli naispuolinen esimies.Ellidan pomo, joka oli osastopäällikön vaimo, löysi vaikka mitä vikoja Ellidan työnteosta ja aiheita pompottaa tätä tehtävästä ja ryhmästä toiseen osaston sisällä. Ellida koki joutuneensa heittopussiksi. Ei auttanut, vaikka hän pyysi apua henkilöstöpäällikkö Elmalta. Apua ei herunut tältä Ellidaa vanhemmalta vaatimattoman näköiseltä naiselta, jolle vain oman paikan varmistaminen työelämässä oli tärkeintä.

Elma oli Ellidan naispuolisen esimiehen kanssa samoilla linjoilla: ulos vain talosta!

Eräänä iltana Ellida soitti Rauhalla ja kertoi menevänsä puhumaan tilanteestaan kansliapäällikölle, koska katsoi, että ainoastaan tämä voisi auttaa. Rauha jäi odottamaan ala-aulaan. Ellida palasi vähäpuheisena, eikä suostunut kertomaan mitään muuta kuin, että apua ei herunut siltäkään taholta. Myöhemmin selvisi, että hänen olisi pitänyt mennä sänkyyn saadakseen viralleen jatkoa. Pitihän se arvata. Ellida katosi Rauhan näköpiiristä. Myöhemmin hän kuuli, että Ellida oli voittanut oikeudenkäynnit sekä miestään että ministeriötä vastaan ja saanut huomattavat rahalliset korvauksetkin. Vielä myöhemmin hän kuuli, että ystävätär oli saanut viran eräästä toisesta ministeriöstä ja avioitunut netistä löytämänsä lääkärin kanssa.

Rauha oli, kumma kyllä, vakinaistettu kolmen määräaikaisuusvuoden jälkeen, ilman minkäänlaisia vaatimuksia ylimääräisistä palveluista. Iästä ja ulkonäön puutteesta oli joskus hyötyäkin, ajatteli hän. Eilaa hänen vakinaistamisensa korpesi ja tämä olikin vaahdonnut yksikköpalaverissa, jossa Rauha ei ollut mukana, kuinka yleislahjaton ja mitään osaamaton työntekijä tämä oli. Lilja ja vaihtuvat harjoittelijat kertoivat Rauhalle, mitä tiedonjulkistajat milloinkin olivat hänestä sanoneet. Sähköpostit viuhuivat ahkeraan, kun Rauhaa sätittiin pomolle. Ja, syyllistyi Rauha itsekin katkerien sähköpostien lähettelyyn, koska ei muuten voinut purkaa pahaa oloaan. Hän tunsi suurta myötätuntoa vailla virkaa olevia nuorempia kanssasisariaan kohtaan ja paheksui itseään vanhempia, jotka itsekkäästi pitivät viroistaan kiinni. Rahaa ja varallisuutta oli pitkän työuran tehneille kertynyt riittävästi eläkepäiviä varten. Tilaa nuoremmille ei kuitenkaan haluttu antaa. Olihan se hienompaa olla valtion virkamies kuin eläkeläinen.

Rauha oli tutustunut ja ystävystynyt muutamien miespuolistenkin työtovereiden kanssa, vaikka toisaalta oli suuri joukko sellaisia, jotka eivät halunneet häntä huomata ja jotka inhosivat häntä. Miellyttävät herrat kävivät juttelemassa hänen kanssaan ajankohtaisista asioista ja tanssittivat häntä ministeriön pikkujouluissa. Pari hienostunutta vanhempaa herraa muisti häntä sähköposteilla vielä eläköitymisensä jälkeenkin, ihan kaikessa ystävyydessä. Ystävät olivat elämän suola työelämässä ja antoivat vastapainoa Eilan ja Henriikan kaltaisille tyypeille.

Yksityiselämässä Rauhalla ei ollut kovin monta ystävää jäljellä. Olihan heitä kertynyt elämän varrella, opiskeluiden aikana ja eri työpaikoista, mutta Rauha ei ollut jaksanut pitää yhteyttä kuin harvoihin. Joulukortin hän lähetti vielä parillekymmenelle tuttavalleen, jotka myös lähettivät hänelle, mutta siihen kanssakäyminen loppui. Työelämä matkoineen ja metkuineen vei mehut ja iltaisin jaksoi vain vetäytyä yksinäisyyteen omaan pesäänsä. Oli heillä Reiskan kanssa avioliiton aikana ollut joitakin perhetuttuja, mutta ne olivat olleet Reiskan tuttuja ja häipyneet hänen mukanaan. Rauhalla ei ollut heitä ikävä. Ainoat jäljelle jääneet perhetutut, Molla ja Benno olivat alunperinkin olleet Rauhan tuttavia, Molla opiskelutoveri ja Benno hänen ulkomaalainen avomiehensä. Oikeastaan syy, miksi hän piti heihin yhteyttä oli se, että he asuivat samassa kylässä ja hoitivat hänen kissaansa lomien aikana.

Kylä Rauhan asuinpaikka todellakin oli, eikä pelkkä lähiö, ikivanha kylä, jonka keskellä oli kirkko. Rautatie oli jakanut kylän kahtia ja saanut aina enemmän Helsingissä työssä käyviä ihmisiä muuttamaan omakotialueille radan molemmin puolin. Nyt paikalla oli taajama, joka muodostui useammasta kylästä ja jossa oli kaikenlaatuista asutusta, betonikerrostaloista hulppeisiin omakotitaloihin ja pieniin keltaisiin mökkeihin. Saman kylän asukkaita oli myös Touho Kuuppa, joka asui rivitalossa melko lähellä Rauhaa. Touho auttoi kissojen hoidossa ja hänellä oli itselläänkin pitkäkarvainen omapäinen tyttökissa. Touho ei tietenkään ollut hänen oikea etunimensä, mutta Rauha ajatteli, että hän oli kuin mikäkin sarjakuvan Touho-serkku. Sillä kyseessä oli sinkkunainen, jolla oli tuhat rautaa tulessa ja varma luottamus omaan kyvykkyyteensä ja osaamiseensa. Töiden lisäksi hän hoiti muiden kissat ja koirat, teki savi- ja lasitöitä, valokuvasi, ompeli itselleen vaatteet, leipoi ja hoiti puutarhaa sekä matkusteli yksinään ympäri maailmaa. Hänen luonaan vieraili ihmisiä, myös miespuolisia, kaikista maanosista. Touho oli avulias ja hyväntahtoinen ihminen.

Kun Rauha oli ensimmäistä kertaa vieraillut Touholla, hän oli huudahtanut mielessään: "Hyvänen aika, minkälainen huusholli!" Mahtava sekamelska vallitsi kaksiossa, sauna oli täynnä kaikenlaista askartelutarviketta, kuten olo- ja makuuhuoneetkin ja keittiö. Rivitalon pihalla oli vaikka minkälaista Touhon suunnittelemaa viritystä. Kaiken keskellä Touho ja kissansa elelivät tyytyväisenä. Rauha ajatteli, että Touhon täytyi voida sisäisesti erittäin hyvin, koska pystyi elämään niin sekasortoisessa ympäristössä. Rauhan itsensä oli pidettävä ulkoista järjestystä yllä, koska mieli oli epäjärjestyksessä ja täynnä kaikenlaista epämukavaa. Jos hän ei siivoaisi, hän olisi vielä hermostuneempi, koska sekava ympäristö sai hänet lähes hulluuden partaalle. Jossain piti järjestys olla, kun sitä ei ollut hänen sisällään. Hän kaipasi harmoniaa.

Oli tietysti vielä Rauhan iänikuinen "ystävä" Taimi Hulminen. Rauha oli tutustunut häneen ollessaan toimistoalan kurssilla seitsemänkymmentäluvulla, kun itse vielä oli reilusti alle kolmekymppinen. Taimi oli valehdellut hänelle ikänsä, mutta todistettavasti oli niin, että Taimi oli parikymmentä vuotta Rauhaa vanhempi. Taimi puhui muutenkin muunneltua totuutta, eikä Rauha olisi ollut pahoillaan, vaikka heidän tuttavuutensa olisi loppunut. Hän oli kyllästynyt olemaan henkisenä likasankona. Yleensä vanhempi nainen soitti aina juuri silloin, kun Rauhalla oli jokin kriittinen hetki menossa, eikä hän olisi tahtonut vastata puhelimeen, saati kuunnella jaarittelua tuntitolkulla. Kun puhelin soi kesken siivouspäivän ja luurista kaikui Taimin teennäinen ääni, Rauhaa suorastaan otti sydämestä ja hän tunsi, miten kiukku kihahti päälakeen asti. Nykyään hän oli karaissut itseään sanomaan: "Sori, minulla ei ole nyt aikaa jutella, puhutaan joskus myöhemmin! "Siitä huolimatta Taimi ehti kehua, miten ihania hänen aikuiset lapsensa ja lapsenlapsensa olivat ja miten kaunis hän itse oli yhä edelleen miesten mielestä. Totta kyllä, joskus aikoinaan, kun Rauha oli ollut Taimin kanssa liikkeellä, rautatientorillakin olivat huomalikot tulleet ihmettelemään: "Voiko Suomessa olla noin kauniita naisia?" Joissakin naisissa vain oli "sitä jotakin". Taimin oma mies oli maannut vihanneksena hoitokodissa jo muutamia vuosia, joten Taimi eleli yksinään heidän talossaan hyvällä asuinalueella.

Niihin aikoihin, kun naiset olivat tutustuneet kursseilla, oli Taimilla ollut kiihkeä rakkaussuhde tunnetun taiteilijan kanssa. Rauhalle jäi epäselväksi, tiesikö Taimin mies vaimonsa touhuista, sillä aikaa kun hän itse oli työmatkoilla. Mies oli ollut työhönsä suuntautunut ja turvannut Taimille rahallisesti huolettoman elämän tämän loppuiäksi. Taimi ei ollut työstä kodin ulkopuolella perustanut, kurssista huolimatta hänen työuransa vakuutusyhtiössä oli jäänyt lyhyeksi. Pariskunnalla oli kolme lasta, joten Taimi oli ollut kotona huolehtimassa lapsistaan. Ja olihan hänellä taideharrastuksensa. Hän maalasi omalaatuisia akvarelleja. Taimi ja Rauha olivat matkailleetkin yhdessä, mutta nykyään Rauha kieltäytyi ehdottomasti.

Rauha aukaisi keltaiseksi rapatun matalahkon rakennuksen oven. Oli työpaikan yhteinen pikkujouluilta. Juhlat olisivat läheisessä ravintolassa, mutta sitä ennen ministerit tarjosivat glögit juhlahuoneistossa. Ministerit seisoivatkin jo portaiden yläpäässä vastaanottamassa sisään saapuvaa juhlaväkeä. Oli vähän niin kuin itsenäisyyspäivän vastaanotolla presidentin linnassa, jonne Rauhalla ei ollut kuunaan toivoakaan tulla kutsutuksi, mutta eivätpä näihinkään juhliin kaikki päässeet. Tuli Rauhan vuoro kätellä ministereitä, hän toivotti heille hyvää pikkujoulua, kun ei muutakaan keksinyt. Hoikistunut tiedonjulkistamisministeri seisoi punaisessa jakkupuvussaan ja hänen vierellään vilkkuvasilmäinen kulttuuriministeri tummassa puvussaan. Syksyllä ministeriössä oli järjestetty laihdutuskurssi naispuolisen ministerin toivomuksesta, hän olikin käynyt kokoontumisissa säännöllisesti lukuisista velvollisuuksistaan huolimatta. Ihminen ehti sinne, mitä piti itselleen tärkeimpänä. Kunnosta huolehtimisen olisi pitänyt Rauhallakin olla asioiden tärkeysjärjestyksessä ensimmäisenä, mutta kun oli aina niin uupunut, ettei jaksanut ryhdistäytyä. Hän tyytyi ihailemaan muiden saavutuksia ruumiinkulttuurin alalla.

Silloin, kun Rauha oli ensimmäisen kerran päässyt glögitilaisuuteen, hän oli silmät pyöreänä ihaillut erivärisiä saleja kristallikruunuineen ja tuntenut itsensä kerta kaikkiaan etuoikeutetuksi. Hän oli ylistänyt kansliapäällikkö Julle Julkimolle, miten onnellinen hän oli, kun oli päässyt mukaan niin ihanaan tilaisuuteen! Korkea virkamies, jolle vallan salit olivat tuttuja ja jokapäiväisiä, oli hämmästellyt vuodatusta, mutta oli sitten todennut, ettei ollut asiaa aikaisemmin ajatellut, mutta ensikertalaiselle kokemus oli varmaankin mieleenpainuva.

Puheensorina vaikeni ja ihmiset kokoontuivat glögilasit käsissään kuuntelemaan ministereiden lyhyitä ja kevennyksillä höystettyjä puheita. Puheiden jälkeen vuoden aikana kunnostuneita virkamiehiä palkittiin epävirallisilla ja hauskoilla palkinnoilla. Tarjoilijat kulkivat ympäriinsä tarjoten lisää glögiä erilaisille seurueille, joita oli muodostunut, kun virkamiehet tapasivat toisensa ikään kuin yksityishenkilöinä. Glögitilaisuus kesti pari tuntia ja sen jälkeen siirryttiin kävellen ravintolaan, jossa odotti ruokailu sekä Ohjelmatoimikunnan järjestämä ohjelma. Rauha ei juhlavaatetukseen ollut paljoa satsannut, viime tingassa hän oli ostanut ruotsalaisesta halpavaateketjusta punaisen trikooleningin ja jalassa oli mustat mokkanilkkurit, jotka tukivat hänen helposti nyrjähteleviä nilkkojaan. "Saatanan kuminauhanilkka!" oli nuoruuden aviomies sanonut.

Ruokailu oli tiukan budjetin puitteissa järjestettyä, yleensä oli lihaa ja kalaa sekä salaatteja ja jonkinlainen jälkiruoka kahvin lisäksi. Juomaa sai pari kierrosta talon laskuun, lopuista oli maksettava itse. Vaikka rahaa ministeriössä muuten hassattiin Rauhan mielestä vaikka mihin turhuuteen, oli Ohjelmatoimikunnan vuosibudjetti niukka, vain kymppitonnin luokkaa. Toimikunnan jäsenet esittivät itse sekalaista ohjelmaa, jonka jälkeen alkoi tanssi. Orkesteri oli muusiikkia harrastavista virkamiehistä koottu ja halusi esiintyä kaikissa talon sisäisissä juhlissa. Seidi toimi laulusolistina, hän oli upea näky mustassa kimaltelevassa iltapuvussaan, kuin Gilda itse, ajatteli

Rauha. Joskus solistina lauloi myös Lilja Kivenkolo, mutta Rauha fanitti uskollisesti Seidiä ja hengaili tanssilattialla aina hänen laulaessaan, vaikka yksin.

Miespuoliset virkamiehet olivat tarkkoja siitä, ketä hakivat tanssimaan, Rauhalla oli vain muutama tanssittaja, mutta nämä olivatkin hänelle mieleisiä. Ei tarvinnut tanssia vastentahtoisesti. Punatukka Hilppa ei ollut paljoakaan Rauhaa nuorempi, mutta tunnetuista syistä haluttu tanssipartneri. Jotkut miehet kävivät Rauhallekin ylistämässä, kuinka kaunis Hilppa oli. Ehkä he olivat alempiarvoisia virkamiehiä, jotka saivat vain kauempaa ihailla kaunotarta, joka oli varattu korkeammille herroille. Rauhasta oli loukkaavaa tulla ylistämään toisen naisen kauneutta hänelle, olihan hänkin nainen, eikä pelkkä sammakko!

Lattialla heilui tuuraaja Henriikka hopeanvärisessä pitkässä puvussaan hiukset liehuen. Hänen tanssittajansa Vilppu Susikorpi oli lyhyenläntä, mutta erinomaisen hauska ja miellyttävä mies. Miellyttävähkö oli myös edellistä nuorempi, lyhytkasvuinen Untamo Korsi, joka ei tanssinut, vaan tarkkaili syrjässä pariskunnan liikehdintään parketilla. Rauha jutteli usein Untamon kanssa, eikä hänellä voinut olla mitään Vilppuakaan vastaan, koska tämä oli hänelle aina kohtelias. Tunnettu asia oli, että ministeriössä oli menossa omalaatuinen kolmiodraama. Henriikka nimittäin seurusteli vuoron perään kummankin miehen kanssa. Jos oli Untamon vuoro olla suosiossa, tarkkaili Vilppu pariskuntaa juhlissa kyyneleet silmissä. Pienissä piireissä järjestettiin jopa veikkauksia siitä, kumpi mies vetäisi pitemmän tikun.Kaikkein omalaatuisinta asiassa oli Rauhan mielestä se, ettei kolmiodraamaa Henriikan mielestä ollut olemassakaan, eikä siitä saanut puhua hänelle tai hänen kuultensa. Joskus Rauha kuitenkin sanoi kiusallaan: "Sinun molemmat miehesi kyselivät sinua, kun olit kokouksessa!" Henriikka ei moisesta pitänyt ja Rauha sai myöhemmin sen tuntea nahoissaan monenlaisena höykytyksenä.

Henriikka ja toinen tiedojulkistaja Fanni olivat saman ikäisiä, molemmilla oli vauvakuume. Naiset pitivät yhteyttä työajan ulkopuolellakin, Fanni, joka oli lörpöttelijä, kertoi joskus, että kun hän oli ollut Henriikan luona käymässä, sinne olivat tulleet myös molemmat kilpakosijat Vilppu ja Untamo ja koko porukka oli juonut sovussa kahvit. Fanni oli elementissään baarin puolella hihattomassa topissaan, kaikki luomet näkyivät selästä, mutta se ei hänen viehätysvoimaansa laimentanut. Sama elosteleva vanhempi herra, jonka Rauha oli karkottanut Ellidan kimpusta, tarjoili Fannille drinkkejä ja tämä puhui miehen ostamaan myös Rauhalle vodkakolan. Rauha otti ja joi drinkin, mutta siirtyi sitten seisomaan pyöreän baaripöydän ääreen, jossa oli jo mukava vanhempi herra hallintopuolelta, Rauhan ystävätär Tarja ministeriön toisesta toimipisteestä, sekä muutamia muita naisia. Rauha aloitti remuisan keskustelun pikkujoulujen ohjelmasta, mutta viimeinen drinkki oli ollut liikaa ja hän horjahti tarttuen pöydän reunasta kiinni. Pöytä oli kevyttä, siirrettävää mallia, joten siitä ei saanut tukea ja Rauha löysi itsensä istumasta lattialta. Häntä hävetti rankasti, koska seurueessa oli ollut herrahenkilökin. Saatuaan itsensä takaisin jaloilleen, hän tajusi, että oli aika lähteä kotiin. Jatkoista ei ollut puhettakaan, eikä häntä kukaan ollut mihinkään pyytänytkään.

Ulkona oli jäistä ja melkoiset kaljamat puistoteillä, joten Tarja talutti Rauhan bussipysäkille, jonne he pääsivätkin kaatuilematta. Rauha olisi ravintolassa sattuneen tapauksen mielellään unohtanut, mutta pikkutarkka ja kunnollinen Tarja ei koskaan. Hän muisti vieläpä Rauhan jääneen hänelle yhden viinilasillisen velkaa samana iltana, ennen kaatumistaan.

Aamuyön tunnit olivat jo menossa, ennen kuin Rauha oli kompuroinut kotiin. Oven avatessaan hän tajusi, että asunnossa oli käyty, vaikka turvalukko oli kiinni. Kissa oli hurjasti naukuen häntä vastassa heti ovella, silmät normaalia pyöreämpänä ja häntä pörhöllään. Rauhan pää selvisi kertalaakista ja hän rupesi tutkimaan, oliko jotakin varastettu, ei hänellä paljoa vietävää ollut, vai mistä oli kyse? Keittiön pöydältä hän löysi pienen lapun, jossa luki: Pelastuslaitos kävi asunnossanne klo 02.15. Lapussa oli nimi ja puhelinnumero, mutta selitystä ei ollut, minkä takia oli käyty. Vinossa roikkuvasta parvekkeenoven säleverhosta Rauha päätteli, että sisään oli tultu parvekkeen kautta. Samalla hän tajusi, että sehän olisi helppo reitti varkaillekin.

Seuraavana päivänä Rauha soitti annettuun numeroon, jolloin palomies kertoi, että he olivat saaneet yöllä ilmoituksen piippaavasta palohälyttimestä. Sitä he eivät saaneet sanoa, kuka oli hälytyksen tehnyt. Rauha ajatteli, että "Vitut täällä mikään piippasi, koska hälyttimestä oli patterit loppu". Siihen tulokseen hän tuli, että yläkerran himotupakoitsija oli kiusallaan hälytyksen tehnyt, huomatessaan ettei Rauha ollut kotona. Joten, vähän ikävä maku niistä pikkujouluista kaikkinensa jäi.

Rauha oli lähdössä metsään poimimaan varpuja. Metsä oli sama, jossa sai pelätä kumisaappaisia ihmissusia, mutta se oli lähimetsä. Joulukuu oli jo pitkällä, pikkujouluista oli kulunut pari viikkoa, ilma oli yhä lauha, joinakin päivinä lämmintä oli jopa kymmenen astetta. Oli niin kuin keväällä. Lunta ei kuulunut, mutta ei Rauha sitä kaivannutkaan. Hän ei ollut talvi-ihminen, ei ollut ikävä talviurheilujen pariin. Eikä muidenkaan urheilujen. Metsä oli siitä kumma elementti, että se houkutti aina syvemmälle. Tosin kyseisessä metsässä ei kovin syvälle päässyt, koska se rajoittui asutuksen lisäksi moottoritiehen, jonka kumu sinne kuuluikin melko selvästi. Rauha keräsi mustikan- ja puolukanvarpuja sekä muutaman maahan pudonneen männynoksan ja palasi kotiin.

Pian hänen tultuaan sisään soi ovikello. Ovella oli (aikoinaan puukotettu) nainen, joka oli muuttanut pois pian väkivallanteon jälkeen. Nainen oli tullut kiittämään Rauhaa ja tuomaan joulukukan. Nainen sanoi olleensa tapauksen jälkeen niin sokissa, että kiitos oli unohtunut. Rauha uskoi sen, ymmärsi häntä ja oli iloinen saamastaan kukasta. Nainen sanoi lisäksi huomanneensa, että he olivat täysin saman ikäisiä, syntyneet saman vuoden samana päivänä. Hän oli nähnyt Rauhan syntymäajan jossakin. Vähän kummallista..

Töissä Rauha oli vain seurannut sivusta, miten esimiehille kannettiin nestemäisiä ja muita kalliita lahjoja, ehkä niitä voi sanoa lahjuksiksikin. Paljon joulukortteja ja muita joulutervehdyksiä tiedonjulkistajatkin vastaanottivat. Rauha oli saanut töissä pari joulukorttia ja pienen suklaarasian pomolta.

Mutta, ei Rauha juuri mitään odottanutkaan, koko ikänsä hän oli tottunut antamaan pikemmin kuin saamaan.

Eila Surva oli osannut pedata työtehtävänsä niin, että oli päässyt vastaamaan yksikön ja osittain koko talonkin, hankinnoista ja siitä hyvästä kaikenlaiset tavarantoimittajat lähettivät hänelle vaikka minkälaista lahjusta. Eila sai siten hoidettua suurimman osan perheensä ja muiden sukulaistensa joululahjoista, eikä maksanut mitään! Lähestyvä joulu teki Eilan niin höveliksi Rauhaakin kohtaan, että hän lahjoitti tälle saamansa lahjakortin kalakauppaan, koska ei itse pitänyt kalasta. Rauha otti kortin ilahtuneena vastaan ja kävi noutamassa kortilla lohifileen, ollen kiitollinen ilmaisesta ateriasta lohta jouluaterialla syödessään.

Eilalla oli bestis sillä osastolla, josta hän itse oli siirtynyt tiedonjulkistukseen, suoritettuaan työpaikan kustannuksella tutkinnon. Joka aamu hän ilmoitti Rauhan ovella: "Minä menen nyt tietotaito-osastolle, en ota puheluita vastaan." Eila oli poissa yleensä tunnin, jonka ajan hän istui ystävättärensä kanssa suljetun oven takana kahvia juomassa ja juoruilemassa, kynsiä lakkaamassa sekä muita naisellisia puuhia hoitamassa, niin Rauhalle kerrottiin. Ystävätär oli omien sanojensa, ja Eilan, mukaan niin sairaalloinen, voimat olivat niin vähissä, että puhelimen luurin nostaminen ja korvalla pito oli kohtuuttoman kivuliasta. Niinpä hänelle olikin hankittu korvakuulokkeet puhelinasioiden hoitamiseksi. Nuorempana tämä ystävätär oli ollut todellinen työnsankari, joka oli palkittu kunniamerkeilläkin! Vielä nytkin Eilan ystävätär oli osastopäällikön suosikki, niin Rauha oli kuullut, jonka vointia kysyttiin maireasti hymyillen osastopalavereissa, samaan aikaan, kun toisille huudettiin suut ja silmät täyteen töiden tekemättömyydestä ja huonosta hoidosta. Kun muut selittelivät korvat punaisina, miksi joku tehtävä oli tekemättä, Eilan ystävätär selitti, mistä kohtaa kroppaa kolotti. Toiset sihteerit, joita osastolla oli useita, eivät voineet sietää ystävätärkaksikkoa.

Rauhan yksikössä kaikki muut halusivat pitää pitkän joululoman, eikä hänellä ollut sitä vastaan sanomista. Olihan hän yksinelävä, eikä matkustanut mihinkään ja sitä paitsi joulun välipäivinä töissä oli rauhallista. Hän saattoi viettää työpäivänsä niin kuin halusi, ilman päällepäsmäröintiä. Suurin osa ministeriön väestä oli joulun aikaan lomailemassa. Totta kai, varsinkin Henriikka keksi jotakin asiaa soittaakseen töihin, tutkiakseen oliko Rauha paikalla. Usein hän myös usutti jommankumman poikaystävänsä soittamaan englanniksi tai ruotsiksi ja testaamaan, miten Rauha selviytyi puheluista.

Tämä oli Rauhan mielestä naurettavaa, vaikka hän (taistelun jälkeen) saikin kielilisää, oli hänen palkkansa niin pieni, että se tuskin edellytti kovin korkeaa osaamista millään alueella. Eikä kansliapäälliköltäkään vaadittu kuin suomen ja ruotsin osaamista. Rauhan tullessa valtiolle töihin käytössä oli vielä ikälisäjärjestelmä muine lisineen. Mutta nyt aloiteltiin uutta palkkausjärjestelmää, jossa pärstäkerroin painoi paljon ja suosikkijärjestelmä kukoisti. Hänen mielestään vanha systeemi oli ollut oikeudenmukaisempi, se oli pitänyt kaikkien palkat matalahkoina. Suurin osa hänen ikäisistään sihteereistä oli käynyt vain kansakoulun, joten heidän kielitaitonsa oli peräisin työajalla saadusta kieltenopetuksesta, joko talon ulkopuolella tai työpaikalle tulevien opettajien johdolla. Kaikki eivät halunneet opiskella kieliä. Eilan ystävättären kivuliaisuus puhelimeen vastattaessa johtui etupäässä kielitaidon puutteesta. Rauha osasi tarpeen tullen normaalia useampia kieliä tyydyttävällä tasolla.Tänä vuonna hänen seuranaan oli sitä paitsi Seidi, jolla oli hyvä kielitaito ja johon saattoi turvautua, jos tuli puheluja, joista ei itse saanut tolkkua.

Ennen joulua Rauha teki vähäisiä lahjaostoksia pojalleen ja kissalleen sekä osti jotakin pientä harvoille sukulaisilleen ja ystävilleen. Hän lähetti joulukorttinsa hyvissä ajoin ennen joulua ja sai takaisin suurin piirtein saman verran kuin oli lähettänytkin. Joka vuosi sattui kuitenkin niin, että hän vastaanotti kortin joltakulta, jolle ei itse ollut lähettänyt ja sitten piti lähettää takaisin kalliimmalla postimerkillä varustettu tervehdys. Reiska oli ottanut tavakseen "ilahduttaa" häntä korteilla eron jälkeen. Rauha piteli kädessään kookasta kaksiosaista uskonnollisella kuvalla varustettua korttia, jossa luki painettuna: Siunauksellista joulua! "Paskat minä sinun siunauksistasi välitän", ajatteli Rauha. Äijä oli vielä lisännyt käsin ties mitä hyvän joulun ja Jumalan armon toivotuksia, joita Rauha ei todellakaan kaivannut. Ryypättyään aikansa ja pelastauduttuaan sitten uskovaisen naisen kanssa avioliiton satamaan Reiska oli nyt itsekin perusteellisen Pyhä Mies, jolle kaikki menneisyyden hirmutyöt oli anteeksi annettu. "Täydellisen läpinäkyvää tekopyhää hurskastelua, itsepetosta, johon Reiskalla jo ennestäänkin oli suuri taipumus", ajatteli Rauha ja repi kortin, niin kuin aikaisemmatkin. Joidenkin ihmisten kohdalla ei vain voinut uskoa aitoon parannukseen.

Ei uskonto ja uskominen ollut hänelle itsellekään vierasta, mutta hänessä se ei ilmennyt armon ja rauhan toivotuksina, pikemminkin hän yritti olla armollinen sekä itselleen että muille, vaihtelevalla menestyksellä. Sisäisen rauhan löytäminen oli hänen suurin toiveensa. Että pystyisi elämään tyytyväisenä ja levollisena menneisyyden taakoista huolimatta. Kaikesta siitä pahasta mitä oli tehnyt. Synnintunto on luterilaisiin istutettu jo pienenä.

Jouluviikolla Rauha kävi tervehtimässä ystäväänsä Mollaa, jonka avopuoliso oli lähtenyt, ilman mitään dramatiikkaa, joulun viettoon kotimaahansa. Hän oli jättänyt autonsa Mollan käytettäväksi, koska ilman autoa tämä ei olisi viitsinyt tai pystynyt poistumaan asunnostaan. Molla, vaikka oli vain pari vuotta Rauhaa nuorempi, näytti huomattavasti nuoremmalta, lihavalla iho pysyi sileänä. Hän oli etupäässä sairauslomalla töistään kunnan rakennusvirastossa. Oli hänelle sairauksia kertynytkin, jopa enemmän kuin Rauhalle ja leikattavana hän tuntui olevan vähän väliä: leikattiin vaivaisenluita, suonikohjuja, silmäluomia tai muita luomia, joten kyllähän niissä sairausloman aiheita riitti. Ja sitten olivat vielä henkiset syyt, jos Benno oli poissa, Molla masentui. Hän oli ylipainoinen ja tupakoinut koko ikänsä, mutta ilmeisesti työpaikkalääkärit antoivat hänelle mieluummin sairauslomia, kuin yrittivät saada häntä laihtumaan tai vieroitetuksi tupakasta. Alkoholia Molla ei käyttänyt paljoa, toisin kuin Rauha tai Benno, joka ei tullut päivääkään, tuskin tuntiakaan, toimeen ilman olutta. Ankara tupakanpoltto oli pariskunnan yhteinen harrastus. Rauha vieraili kyllä heidän luonaan savusta huolimatta, mutta poistui aina, kun hengittäminen alkoi olla vaivalloista.

Mies oli Mollaa kymmenkunta vuotta nuorempi, mutta ikäero ei näkynyt päällepäin.

Erään kerran Rauha oli ollut töistä tullessaan, toimistoalan messujen kautta, lopen väsynyt, vielä lopenväsyneempi kuin normaalisti. Jalkakivun takia hän oli joutunut käyttämään kävelykeppiä. Hän oli laahustanut kohti eläintarvikeliikettä ostaakseen Onni Tuppuranderille uudenlaista kissanhiekkaa. Hän hädin tuskin kuuli nimeään huudettavan, kunnes Benno oli tullut nykimään häntä hihasta. Siinä Rauha oli seissyt kasvot harmaina ja huulet valkoisina kivusta. Hän oli kuitenkin jutellut hetken aikaa Bennon kanssa. Kotiin mentyään mies oli heti kertonut Mollalle, miten vanhalta ja sairaalta Rauha oli näyttänyt. Molla oli nauttinut suuresti kuulemastaan. Samoin joissakin Bennon ottamissa valokuvissa Rauha oli ollut sietämättömän ruma kaksoisleukansa ja kiiltävän naamansa kanssa. Niille kuville oli naureskeltu pitkään, siis Molla oli nauranut. Rauhaa ei ollut naurattanut, kun hänelle ei ollut annettu kuvia revittäväksi. Ele olisi ollut vain symbolinen, olisivathan otokset kuitenkin jääneet filmille.

Rauha vei Mollalle tuliaisiksi leipomansa konjakilla maustetun kakun, Molla piti konjakin mausta, toisin kuin monet muut naisihmiset. Silloin kun hän otti alkoholia, se oli nimenomaan konjakkia. Naiset puhuivat antaumuksella sairauksistaan, oli hyvä, kun sai olla mikä oli, eikä tarvinnut näytellä terveempää tai fiksumpaa. He puhuivat myös Reiskasta ja tämän uskoontulosta, tekopyhyytenä Mollakin sitä piti ja paljasti samalla, ettei ollut koskaan pitänyt Reiskaa mukavana, vaan karmeana öykkärinä. Hän oli ihmetellyt, miten Rauha saattoi yleensä olla sellaisen tyypin kanssa, jouduttuaan aikoinaan todistamaan useita pariskunnan riitoja, jopa nyrkkitappeluita. Mollalla ja Bennolla eivät nyrkit heiluneet, he sopivat erimielisyytensä pitkillä keskusteluilla, siitä huolimatta, että kumpikaan ei käyttänyt omaa äidinkieltään, vaan englantia. Mollakin alkoi kuulostaa hurskastelijalta, omahyväinen hän oli aina, eikä Rauha halunnut keskustelua jatkaa, vaan rupesi ylistämään sitä, kuinka etevä Molla oli käsitöiden teossa. Nytkin, heidän siinä istuessaan, tämä oli neulonut sukan valmiiksi.

Rauha oli nuorena neulonut yhden parin sukkia käsityötaitoisen anoppinsa opastuksella, mutta seuraava pari oli jäänyt puolitiehen ja odottanut valmistumistaan jo kolmekymmentä vuotta kellarikomeron pimennoissa. Hänellä oli niin sanotusti peukalo keskellä kämmentä, hän oli kömpelö käsistään, oli ollut jo lapsena. Hän ei pystynyt keskittymään tarpeeksi saadakseen jotakin virheetöntä valmiiksi. Tumpelo mikä tumpelo, Rauha ajatteli ja ihmetteli, miten toiset saivat aikansa riittämään käsitöihinkin. Mollahan tietenkin oli enimmäkseen sairauslomilla ja rakasti kotona istumista, yksin tai Bennon kanssa. Rauhan tehdessä lähtöä Molla tarjoutui viemään hänet kotiin autolla, mutta Rauha sanoi, että pärjäisi kyllä. Hän oli ottanut pari lasillista tarjottua konjakkia lähestyvän joulun kunniaksi. Molla itse ei ollut ottanut mitään kahvia vahvempaa. Ulkona oli pilkkopimeää, mutta ei liukasta, koska maa ja tienpinnat eivät olleet jäässä. Rauha selviytyi kotiin kissansa luokse kaatuilematta jyrkässä alamäessä.

Jouluaatto kului Rauhalta ruoanvalmistuksessa ja muissa jouluisissa askareissa. Poika oli tullut puolilta päivin tuoden joulukukan ja pari lahjaa äidilleen. Pojan nykyinen tyttöystävä vietti joulua omien vanhempiensa luona. Edellinen tyttöystävä oli ollut kreikkalainen, jonka poika oli tavannut tuttaviensa välityksellä, silloin oli leivottu yhdessä piparkakkuja ja tyttökin oli käynyt joulusaunassa. Lounaaksi syödyn riisipuuron jälkeen poika oli ripustanut sähkökynttilät parvekkeella odottavaan joulukuuseen. Sitten oli käyty vuoronperään saunassa, juotu jouluiset saunakahvit torttujen kera, syöty joulupäivällinen, jossa (Eilan lahjoittama) kala oli pääosassa ja lopulta jaettu lahjat glöginjuonnin ohessa. Ei sen enempää äiti kuin poikakaan toivonut jouluaatosta mitään sen kummempaa.

Kissa oli joulutouhuissa innolla mukana ja pureskeli pakettien lahjanaruja tapansa mukaan. Sai se pari ruokalahjaa itsekin. Kissa Onni Tuppurander oli täydellinen sisäkissa, pentuna se oli tuotu eräästä Helsingin lähiöstä Rauhalle (oikeastaan se oli pojan kissa) ja oli ehtinyt asua hänen kanssaan jo parissa asunnossa ennen nykyistä. Se oli tyytyväinen, kun sai ulkoilla parvekkeella. Koska se ei tiennyt mitä ruoho oli, se ei osannut pureskella sitä. Jos Rauha toi Onnille kissojen suolistoa puhdistavaa ruohoa, se kävi vain haistelemassa, mutta ei muiden kissojen tapaan ruvennut pureksimaan heiniä. Se oli opetellut jo pienenä syömään lahjanarujen pätkiä, joita se sitten oksenteli pitkin mattoja kakoen suureen ääneen. Ihmeen viisas kissa se oli.

Syksyllä Rauha oli pitänyt kissalle syntymäpäivät sen täyttäessä viisitoista vuotta. Paikalle oli kutsuttu kissan hoitoon vuosien mittaan osallistuneita ihmisiä. Rauha oli varustanut matalan pöydän lahjapöydäksi ja kissa olikin vastaanottanut kortteja, ruoka- ja lelulahjoja. Se oli itse kahdella jalalla seisten ottanut lahjoja pöydältään ja ollut kehräten juhlinnassa mukana. Ihmisille, ja kissallekin, oli tarjottu tonnikalavoileipiä, kalan muotoisia raksuja ja karkkeja sekä hiirikuvioilla koristeltua täytekakkua, tiikerikakunkin Rauha oli leiponut. Kissa kyllä tiesi olevansa juhlien keskipiste ja nautti saamastaan huomiosta. Joulustakin se nautti joka vuosi, erityisesti lahjojen avaamisesta.

Lunta oli maahan tullut jouluksi kevyt kerros, sää oli poutaista ja pakkasen puolella. Puitteet olivat oivat juhlan viettoon, mutta Rauhan naapurustossa ei joulurauhasta ollut tietoakaan. Pojan lähdettyä illalla oli talossa alkanut tapahtua, hissi kulki kolisten vähän väliä, yläkerrasta ja seinän takaa naapurista kuului meteliä ja tupakka kärysi jatkuvasti. Rauhaa yskitti pitkin yötä. Aamulla kahdeksan aikaan hän heräsi siihen, että auton varashälytin huusi ja meteli jatkui kymmeneen asti. Joka tapauksessa, nyt ei ollut kiire mihinkään, aamiaisen jälkeen Rauha lähti sauvakävelylenkille.

Kotiin tultuaan hän haistoi normaalia vahvemman kissanpissan hajun ja ihmetteli, sillä hän oli aamulla siivonnut kissan hiekkalaatikon normaalisti. Hän keitti kahvit ja otti esille joulutorttuja ja hedelmäkakkua viettääkseen herkun hetken keittiön pöydän ääressä. Mutta siellä vasta pissa haisikin. Kun hän tutki asiaa, hän havaitsi, että pöytäliina suuren kynttelikön ja joulukukkien alla oli litimärkä. Kissa oli käynyt pissalla pöydän päällä hänen poissa ollessaan. Mielenosoituksen ilmaushan teko kai oli, vaikka Rauha ei tiennyt, miksi? Ehkä kissa oli jotenkin sairas. Aikaisemmin ei sellaista ollut sattunut, kissa oli kyllä joskus pissinyt sänkyyn Rauhan ollessa pitemmän aikaa poissa.

Joulunpyhät lähenivät loppuaan. Tapaninpäivänä kuului ennenkuulumattomia ja kauheita uutisia: tsunami, suuri aalto, oli vyörynyt Thaimaahan ja Sri Lankaan, joissa oli paljon turisteja joulunvietossa. Ensimmäinen tunne ihmetyksen lisäksi Rauhalla oli se, että oli onni, kun oli niin köyhä, ettei ollut mahdollisuutta matkustaa kaukomaille joulua viettämään. Hän saattoi viettää pienen elämänsä pientä joulua turvallisesti kotonaan. Kyynistä ehkä, mutta oma napa oli lähinnä Rauhallakin.

Yleensä, kun maailmalla tapahtui katastrofeja, Suomen viranomaiset kiirehtivät vakuuttamaan, että onnettomuudessa ei ollut mukana suomalaisia. Nyt, joulun takia, ministeriöt ja virastot olivat kiinni ja tiedonkulku oli heikkoa. Nimenomaan Rauhan ministeriöstä olivat kaikki tiedonjulkistajat lomalla. Huonosta tiedottamisesta tuli kritiikkiä ministeriöitä kohtaan. Uuteen vuoteen mennessä kuolleita suomalaisia oli löytynyt kymmenkunta. Ruotsalaisia oli kateissa 2500 henkeä. Katastrofin keskeltä pelastuneita ihmisiä palasi Suomen pakkaseen paljain jaloin ja muutenkin vajavaisesti vaatetettuina. Rauhaa kauhistutti lehdessä ollut uutinen: "Meno jatkuu, kauppa käy. Kaikki eivät ole järkyttyneet luonnonkatastrofin seurauksista. Pahoin hyökyaallosta kärsineellä Thaimaan Phuketin Patong Beachilla länsimaalaiset miehet eivät ole antaneet tapahtuneen vaikuttaa matkansa sisältöön, johon kuuluvat maksullisten naisten ja baarien palvelut..."

Suomessa uusi vuosi alkoi Aasian katastrofin vuoksi ankeissa merkeissä suruliputuksella. Monet olivat lahjoittaneet raketteihin ja ilotulitteisiin aikomansa rahat katastrofin uhreille järjestettyihin keräyksiin.

Rauha muisti, kuinka vuosituhat oli vaihtunut muutama vuosi aikaisemmin, silloin oli pelätty, että tietokoneet ja koko maailmakaikkeus menee sekaisin siitä, että vuosiluvuksi kirjoitetaan 2000. Jos tsunami olisi iskenyt silloin, olisi sitä pidetty maailmanlopun alkuna. Mutta mitä maailmankaikkeuden näkökulmasta merkitsee se, että ihmiset olivat laskeskelleet siirtyvänsä uudelle vuosituhannelle? Ei mitään. Pelkkä laskennallinen juttu, joka sinänsä vielä melko varmasti oli väärin laskettu. Ihmisen käsityskyky oli niin rajallinen. Tuolloin, vuosituhannen vaihtuessa, Rauha oli juhlinut tapahtumaa ulkona kovassa pakkasessa, kuohuviinilasi kädessä Reiskan ja kahden tuttavapariskunnan kanssa, jännittäen mitä tuleman piti. Taivas ei ollut pudonnut, eikä maa auennut, vaan seurue oli siirtynyt sisätiloihin kaikessa rauhassa ilotulituksen jälkeen. Rauhan oma pieni maailma vain alkoi osoittaa haavoittuvuutensa uudelle vuosituhannelle siirryttäessä ja hänellä oli ikäviä ennakkoaavistuksia tulevaisuutta kohtaan. Alku olikin erityisen raskas.

Nyt, kun uutta vuosituhatta oli eletty jokunen vuosi, Rauha istui kotona kissansa kanssa ja nautti tapansa mukaan Wienin Filharmonikkojen konsertista linnanäkymineen ja tanssinumeroineen. Tsunami ei koskettanut häntä mitenkään henkilökohtaisesti, hän keskittyi jäljellä olevien jouluruokien syömiseen ja lahjakirjojensa lukemiseen. Vasta muutaman päivän kuluttua murhenäytelmä tuli Rauhalle todellisemmaksi ja hän sai tuntea surua, kun hänen "ikiystävänsä" Taimi soitti ja kertoi poikansa Maunun menehtyneen Thaimaassa. Maunu oli ollut lomailemassa vaimonsa ja lastensa kanssa. He, ja joukko muita menestyneitä nuoria perheitä oli viettänyt huoletonta lomaa, kunnes aalto yllätti heidät. Vaikeata oli käsittää, että nuori kyvykäs mies jäi sille tielleen.

Rauha oli seurannut Maunun elämää ja kehitystä koulupojasta asti ja ollut hänen lakkiaisissaankin. Syksyllä he olivat tavanneet Maunun kanssa sattumalta ministeriön ala-aulassa, koska Maunu oli asioinut kirjaamossa. "Aalto vei isin", oli Maunun nuorempi lapsi sanonut, hän oli nähnyt isänsä katoamisen. Vaimo ja lapset olivat pelastuneet, aallon singottua heidät puun latvaan. Heille jäi vielä elämää elettäväksi, toisin kuin Maunulle. Suomeen perhe ilman isää tuli vahingoittuneena ja joutui sairaalahoitoon pitkähköksi ajaksi. Ihmismieli ei pystynyt ymmärtämään, miksi tuoni korjasi nuoren perheenisän, eikä esimerkiksi tämän isää, joka oli jo vuosikausia viettänyt vihanneselämää hoitokodissa? Maunun isälle oli kerrottu surusanoma ja hänen silmiinsä oli tullut kyyneleitä, vaikkei hän yleensä reagoinut puheeseen. Rauha puhui tällä kerralla yli tunnin Taimin kanssa surren ja ihmetellen elämän katoavaisuutta ja epäoikeudenmukaisuutta.

Kaikkiaan tsunamin aiheuttamassa tuhossa kuoli 250 000 ihmistä. Iloinen vuodenaika muuttui monessa perheessä murheen ja ahdistuksen ajaksi. Maailmalla myrskysi monella tavalla ja monella taholla. Luonnon myrskyt ehtivät pohjoiseenkin, Tanskassa ja Ruotsissa ihmisiä oli kuollut myrskyjen aiheuttamissa onnettomuuksissa. Virossa vettä tulvi suositun kylpyläkaupungin kaduille niin paljon, että vene oli käyttökelpoisin kulkuväline. Suomessakin vesi nousi rannikkokaupunkien kaduille ja tiet olivat paikka paikoin poikki tulvan takia. Tuuli, oli märkää ja liukasta. Karmeinta Suomen talvessa olikin liukkaus. Vaikka kuinka yritti katsoa mihin astui, silti kaatui vähintään pari kertaa talvessa. Televisiosta tuntui koko ajan tulevan hirveitä uutisia tai jumalanpalvelusta. Ihmiset kyselivät piispoilta, miksi Jumala salli tsunamin kaltaista tapahtuvan? Piispoilla ei ollut vastausta. Tapahtunut todisti Rauhan mielestä sen, että maapallo oli kokonaisuus, jonka eri osat olivat riippuvaisia toisistaan. Ja kuinka voimaton ja pieni ihminen olikaan luonnon päästäessä voimansa valloilleen. Mahdottominkin saattoi tapahtua.

Päästäkseen eroon ahdistavista ajatuksista Rauha oli ollut entisen harjoittelijan, Kaislan, kanssa hollantilaishenkisessä baarissa loppiaisaattona, tämän kutsumana. Kaisla olikin lähes ainoa antelias hänen tuttavistaan. Totta kai Rauha ryysti punaviiniä kaksin käsin, kun ei tarvinnut itse maksaa. Rauha piti Kaislaa sukulaisenaan, sillä tämän sukunimi oli sama kuin hänen äidillään. Muu ei sitten sukulaisuuteen viitannutkaan, siinä missä Rauha oli vanha ja luovuttanut, Kaislalla piisasi energiaa niin opiskeluun kuin työuralla etenemiseenkin. Siinä missä Rauhan mummomaha vain kasvoi ja naama valahti alas, Kaisla oli hoikkaakin hoikempi ja piti kunnostaan hyvää huolta. Kaisla oli silläkin tavoin vanhan ajan kunnon tyttö, että hän osoitti kunnioittavansa vanhempia ihmisiä ja ihmetteli toisia oman ikäisiään, jotka niin eivät tehneet. Rauha puolestaan todisti kunnottomuutensa vanhempana henkilönä siten, että kangaskassi, johon oli unohtunut talon kamera, unohtui puolestaan junaan. Hän oli ollut ennen baariin lähtöään töissä kuvaustehtävissä.

Myöhemmin kameraa ei löytynyt löytötavaratoimistosta, jonne kassi muun roinan kanssa oli kulkeutunut. Rauha yritti vähätellä tapahtunutta, vaikka se harmittikin häntä, sanomalla kameran olleen jo vanhan, eikä siten paljon arvoisen. Työtoverit pitivät tapausta vain todisteena Rauhan "alkoholismista".

Roskakatoksen ovi oli lukossa. Rauha aukaisi sen roskapussi kädessään. Roskasäiliöt olivat täynnä, roskia oli levällään pitkin lattiaakin. Varikset pääsivät katokseen sisään alareunan raosta ja etsiessään ravintoa ne olivat puhkoneet nokillaan maassa lojuvat roskapussit. Katoksen ympäristössä retkotti erikokoisia loppuun palvelleita joulukuusia. Vettä ja liukkautta oli riittänyt tammikuun alkupuolen ajan, mutta sitten kuun lopulla taivaasta oli tullut koko se lumimäärä, joka oli alkutalvesta jäänyt tulematta. Rauhan lasittamattomalla parvekkeella oli ollut puoli metriä lunta, johon kissa oli jo ehtinyt käydä pissaamassa, joten hänen oli ollut tyhjennettävä parveke lumesta ennen uloslähtöä. Tällä kerralla hän ei ottanut kävelysauvoja. Rauha suunnisti roskakatoksesta suoraan kohti pientä keltaista taloa, johon hän oli rakastunut. Sen näkeminen sykähdytti rintaa, joka kerta samalla tavalla, kuin rakastetun ihmisen näkeminen. Ilon tunteen jälkeen tuli heti suru, sillä hän tiesi, ettei voinut saada taloa koskaan omakseen. Se oli rakkaustarina, jolla olisi onneton loppu.

Rauha harrasti pitkiä kävelylenkkejä, ja nyt, kun maassa oli lunta ja päivät olivat alkaneet jo pitenemään, oli nautinto olla ulkona. Hän käveli luistinradalle, jonka reunalla oli aikoinaan värjötellyt pojan luistellessa. Itsellä hänellä ei sitä taitoa ollut, hän oli saanut luistimet niin vanhana, että oli jo ruvennut pelkäämään kaatumista, eikä oppinut kunnolla luistelemaan. Rauha eksyi luistinradalta tielle, jolla ei muistanut ennen kävelleensä, koska luminen maisema oli erinäköinen kuin lumeton. Hän löysi satumaailman, oikean winter wonderlandin, notkosta, jossa lumen alla näytti nukkuvan vanhoja rakennuksia ja suuri joukko uusiakin, vaaleansinisiä. Rauhasta tuntui siltä, kuin hän olisi ollut smurffien kylässä. Talvella oli hyvät puolensa, kun vain suostui näkemään ne. Talvi oli kaunis vuodenaika ja jotenkin niin puhdas, vaikkakin se oli myös pimeä, kylmä ja keleiltään hankala.

Töissä armoa antamaton meno jatkui. Rauha oli virastossa joka ilta viiteen asti ja palasi kotiin nääntyneenä. Ihme, että kevyt toimistotyö rasitti niin paljon. Ainoastaan joulun ja uudenvuoden välinen viikko oli mennyt leppoisissa merkeissä, kun he olivat olleet Seidin kanssa kahdestaan yksikössä. Oli töissä ollut juhlahetkensä joulun jälkeenkin. Rauhan syntymäpäivää oli juhlittu kukkien ja kissakortin kera. Pomo oli antanut hänelle vähän käytetyt kenkänsä ja Eila paketillisen teetä, jota ei itse halunnut juoda.

Ministeriön vuosittain vaihtuva Ohjelmatoimikunta oli järjestänyt tutustumiskäynnin Sohlbergin kotimuseoon Katajanokalla. Rauha ei ollut aikaisemmin edes tiennyt museon olemassaolosta. Asunto oli hyvin viehättävä, todellinen helmi. Huonekalut olivat Sohlbergin ja Tulenheimon sukujen perintökaluja, omistajat olivat tahtoneet, että oli perustettava säätiö, joka vaalisi heidän kotiaan heidän jälkeensä. Rauha ihmetteli sitä, että kaksi ihmistä, lapseton pariskunta, oli asuttanut yhdentoista huoneen ja yli kolmensadan neliön asuntoa. Hän uskoi, että suuressa elintilassa sielukin pysyi avarampana kuin pienessä kopperossa! Sellaisessa ympäristössä Rauhakin olisi elänyt henkevää ja ongelmatonta elämää.

Ongelmia nykyisessä elämässä olikin enemmän kuin tarpeeksi. Selkään puukottajien kuningatar, Henriikka, tyttö tuppukylästä, oli kehittänyt itselleen elämää suuremman ongelman Rauhan kielenkäytöstä. Rauha oli miesvaltaisilla aloilla työskennellessään oppinut kiroilemaan runsaasti, ettei olisi vaikuttanut hienostelijalta. Eihän sellainen ministeriössä sopinut, mutta Rauhaa helpotti, kun täräytti: "Helevetti" tai: "Johan nyt on saatana", kun jokin asia ei luistanut niin kuin piti. Henriikka oli valittanut asiasta Pomolle ja vaatinut Rauhalta anteeksipyyntöä kielenkäytöstään. Kokoontuminen kolmeen naiseen järjestettiin, Rauha pyysi anteeksi. sekä lupasi siistiä kielenkäyttöään, vaikka ajattelikin, että kärpäsestä oli taas kerran tehty härkänen. Hän ihmetteli, ettei kihlatulla morsiamella, Henriikka oli tällä erää kihloissa Untamon kanssa, ollut parempaa tekemistä kuin juonitella kaikenlaista toisten selän takana. Untamon tehtävät olivat vaihtuneet ja hänen uusi työhuoneensa sijaitsi kahvihuoneen vieressä, joten hän kuunteli kaiken, mitä kahvitauoilla puhuttiin ja kertoi sitten illalla sängyssä Henriikalle.

Rauha ei enää pitänyt Untamoa miellyttävänä. Yksityisesti hän sanoi pomolle, että ongelmat olivat Henriikan korvien välissä, eivätkä Rauhan huoneessa. Hän ajatteli, että ehkä Henriikan olisi pitänyt saada elää siellä Sohlbergien asunnossa, että hänen ahdistava maailmankuvansa olisi laajentunut. Rauha jollakin tavalla sääli häntä. Miksi piti vaatia toisia alistumaan omiin normeihinsa? Henriikka oli onnistunut muokkaamaan Untamon oman näkemyksensä mukaiseksi. Ennen niin siisti virkamieslook oli vaihtunut boheemiin vaatetukseen, ryppyiseen paitaan, jota käytettiin nahkaliivin kanssa ilman puvuntakkia. Hiukset roikkuivat kauluksen päällä. Henriikan koiran ulkoiluttamisen Untamo oli myös hyvin oppinut ja kierteli iltaisin pitkin rantoja koiran kanssa, kun Henriikka hoiteli tärkeitä työ- ja yksityisasioitaan. Untamo oli läksyttänyt Rauhaa kahvihuoneessa ja tehnyt selväksi, että tämä oli hänelle ja hänen morsiamelleen erittäin vastenmielinen. Hääkirkko oli jo varattu ja Fanni tuskaili, mitä pukisi häihin päälleen.

Seidiä oli pyydetty laulamaan tilaisuuteen. Rauha tuskin saisi kutsua.

Talon yhteisessä henkilöstötilaisuudessa Rauha tapasi uuden kehittämisihmeen, joka oli viisikymppinen, erikoisen näköinen naishenkilö. Hänestä ei todellakaan saanut selvää, oliko hän lintu vai kala tai kenties hybridi? Nainen hihkui teennäisen nuoruudeninnon vallassa, että nyt alkaisivat ministeriössä puhaltaa uudet tuulet ja suuria kehityshankkeita henkilöstön päänmenoksi olisi tulossa! Rauha ajatteli, että millähän rahoilla hankkeet kustannettaisiin, mutta kai niille joku momentti löytyisi, toisin kuin Rauhan palkankorotukseen. Kaikesta piti muka säästää. Kehittämisihme kehui olevansa onnellinen, saadessaan tutustua Rauhaan, joka ajatteli, että hyvä, kun sai edes jonkun tehdä onnelliseksi. Kaikki oli kuitenkin vain suurta teatteria, sen hän tajusi. Myöhemmin Kehittämisihme osoittautui vähemmän empaattiseksi ja erittäin vallanhimoiseksi henkilöksi, joka ei tyytyisi vähempään kuin johtajan titteliin. Hän aloittikin rankan taistelun kansliapäällikön suosiosta Rauhan pomon kanssa.

Kaikkinaiset taistot olivat tuttuja Rauhan yksikössä, jossa ei koskaan tiennyt kuka tuikkaa selkään seuraavaksi. Rauha ei kaivannut kehittämistä, olihan hän kurssinsa käynyt. Toisaalta, uuden löyhän työmoraalin omaksuttuaan, hän ei enää välittänyt, missä ja miten työpäivänsä vietti, joten kai sitä voisi jälleen kursseillekin osallistua, jos vain saisi luvan.

Rauha oli lukenut jostakin naistenlehdestä artikkelin "Miten voin parantaa työpaikan ilmapiiriä?" ja tullut siihen tulokseen, ettei hän ainoa mätämuna ollut.

Ehkä hänellä ei töissä montakaan ystävää ollut, mutta vihamiehiä löytyi useampia. Päävihollinen, joka ei koskaan toipunut siitä, että Rauha oli saanut paikan, jota oli pedannut tuttavalleen, oli Henriikka sulhasensa avustamana. Sitten Eila ystävättärineen ja Fanni, kaikkien pikku lemmikki, joka oli näennäisen ystävällinen. Rauha ajatteli, että ei hän ihan olematon ollut, koska herätti edes vihantunteita muissa ihmisissä. Rakkautta ja ystävällisyyttä hän ei osannut edes kaivata. Päähän potkittuna syntipukkina oloonkin tottuu.

Elma Kutoja oli ehdottanut ja varannut rahoituksen kehittämisprojektille yksikön työilmapiirin kohentamiseksi. Rauha koki, että häntä osoitettiin sormella, eikä hänellä ollut suuria luuloja hankkeen onnistumisesta. Joka tapauksessa, talon ulkopuolinen konsultti tuli kerran viikossa yksikön naisporukan kanssa suljettuun tilaan, jossa oli vain pakko istua ja kestää tilanne. Konsultti oli pyylevä keski-ikäinen mies, itseoppinut, niin kuin konsultit siihen aikaan yleensäkin. Heitähän oli ilmaantunut kuin sieniä sateella yhdeksänkymmentäluvun laman aikana, työelämästä pois potkituista pikkupomoista.

Rauha ei luottanut miehen ammattitaitoon ja osallistui istuntoihin vain, koska oli pakko. Konsultti oli innoissaan uudesta tietokoneohjelmasta, jolla voi piirrellä jos vaikka minkälaista mindmappia, joita hän sitten esitteli tohkeissaan. Rauha todettiin yhteistyöhaluttomaksi ja häntä rökitettiin sanansäilällä oikein olan takaa. Hän ei hermostunut, koska halusi vain jotenkin selvitä istunnoista. Hän ei hyväksynyt toisten puheita, eikä häneen kohdistunutta vihaa, mutta arveli, että jos toisten olo purkausten ansiosta helpottuisi, olisi hänelläkin helpompi olla. Aikansa jatkuttuaan kehittämisprojekti loppui vähin äänin.

Kehittämisprojektin vielä jatkuessa pomo halusi järjestää yksikön yhteisen fyysisen kunnon kohotusmatkan Turkuun, jossa tehtäisiin kuntotesti ja virkistyttäisiin kylpylässä. Ennen matkaan lähtöä Henriikka vaati, että mukaan oli otettava kannettava tietokone, sillä eihän ministeriön tiedonjulkistaminen saanut tyrehtyä, vaan tietoa piti saada maailmalle olosuhteista riippumatta. Henriikka määräsi, että Rauhan oli otettava kone töistä lähtiessään mukaan kotiinsa ja tuotava se aamulla junalle. Rauha oli menossa uimaan suoraan töistä ja hänellä oli uimakamppeet mukana, joten hän uskalsi ehdottaa, että ehkä Eila, joka kulki omalla autollaan, voisi ottaa kannettavan kyytiinsä. Siitähän vasta elämä alkoi ja taas uusi vihankierre. Eila julisti: "Tarkoitatteko todella, että minä otan kannettavan riesoikseni? Sitä paitsi minun autoni ei tänään ole ministeriön pihalla. Poikani Miro tulee hakemaan minut töistä, mutta en mene suoraan kotiin. Olisi parempi, että joku toinen ottaisi kannettavan. Menen kauppoihin ja sieltä tulee kuitenkin paljon kaikenlaista ostosta mukaan. En kaiken lisäksi tule Turun junaan Helsingistä, vaan joudun vaihtamaan junaa Karjaalla, joten en jaksa kanniskella tietokonetta mukanani." Loppujen lopuksi Untamo oli vienyt kannettavan tietsikan Henriikalle heidän yhteiseen lemmenpesäänsä, josta Henriikka hoiti rakkineen kuljetuksen Turkuun ja takaisin. Rauhan mielestä järjestely meni ihan oikein, koska ainoastaan Henriikka konetta tarvitsikin.

Matkan jälkeen   tämä alkoi vihata Rauhaa entistä enemmän, eikä pystynyt puhuttelemaan häntä tiuskimatta ja niskojaan nakkelematta.

Rauha sai kuntotestistä keskinkertaisen tuloksen, hän ei ollutkaan rapakuntoinen, toisin kuin Eila, jolle Rauha antoi kaikesta vihoittelusta huolimatta pisteet siitä, että tämä yleensä oli osallistunut testiin. Yleensähän rouva kieltäytyi kaikenlaisesta yhteistoiminnasta, mikä ei ollut hänen oman mielensä mukaista. Rauha oli, taas kerran, loukannut Eilaa verisesti, koska oli uskaltanut ehdottaa, että madame hoitaisi tietsikan perille Turkuun. Eilan mielestä Rauha oli kieltäytynyt työstä, joka kuului tämän toimenkuvaan, ja loukannut häntä ehdotuksellaan. Eila oli erittäin tarkka siitä, mikä ei kuulunut hänen omaan toimenkuvaansa. Hän vaati Rauhalta julkista anteeksipyyntöä, johon Rauha ei suostunut, koska ei omasta mielestään ollut loukannut ketään. Hän oli vain pitänyt puoliaan.

Terveyskeskuksen ovi avautui kankeasti itsekseen. Rauha kävi säännöllisesti kunnallisessa laboratoriossa, vaikka muuten hoidattikin työterveysasemalla iänikuista flunssaansa ja akuutteja vaivojaan. Kello oli kahdeksan aamulla ja Rauha oli ollut syömättä kaksitoista tuntia. Odotustila oli täynnä ihmisiä, Rauha sai jonotusnumeron 33. Töihin olisi ehdittävä, mutta ei auttanut muu, kuin jäädä odottamaan. Ainoa vapaa istumapaikka oli pahalta haisevan keski-ikäisen paksun naisen vieressä. Nainen istui normaalia korkeammalla tuolilla ja heilutteli jalkojaan koko ajan. Hän selvitti läsnäolijoille kovaan ääneen, kuinka hänen oikeaa polveaan särki jatkuvasti, vaikka kuvauksissa ei löytynyt edes kulumaa.

Oli raivostuttavaa kuunnella naisen selvitystä terveydentilastaan, koska Rauha itse oli jonossa polven tähystysleikkaukseen ja kulumaa polvissa oli paljon, rustot olivat vähissä. Nainen jatkoi, ettei hän pääse kävelemään muuten kuin keppiin nojautuen. Kilometrin kotimatkaakin varten on tilattava taksi. Diabetes hänellä oli ollut seitsemän vuotta, mutta hän hoiti sitä syömällä viikossa yhden palan tummaa suklaata. Muuta lääkettä ei tarvittu. Helppo homma, kun konstit tiesi.

Rauhan toisella puolella istuva nainen oli isoäiti, joka oli huolestunut, koska epäili lapsenlapsellaan olevan epilepsian. Lapsi sai usein raivokohtauksia ja heittäytyi lattialle huutaen. Rauha ajatteli, että niin hän oli itsekin käyttäytynyt lapsena ja saanut raiviksia vieläkin, mutta epilepsia ei hänen sairausvalikoimaansa kuulunut. Rauhan istuttua jonossa pari tuntia, tuli lopulta hänen vuoronsa päästä näytteenottoon. Koneelta ei kuitenkaan löytynyt lähetettä. Pitkän jonotusajan takia

Rauha ei suostunut siihen, että näytettä ei otettaisi, jolloin hänet käskettiin menemään kerrosta alaspäin terveysasemalle pyytämään lähetettä. Hän saikin sen ja näyte otettiin. Hän tuli töihin vasta, kun toiset lähtivät lounaalle.

Illalla, töiden jälkeen ruokakaupassa, Rauha näki aamuisen pahanhajuisen ja jalkavaivaisen naisen painelevan ostoskärryn kanssa määrätietoisen näköisenä kovaa vauhtia, vailla mitään hankaluutta liikkua. Hän ihmetteli, miksi jotkut halusivat esiintyä sairaampina kuin olivat? Hän itse halusi näyttää terveeltä sairauksistaan huolimatta.

Rauha onnistuikin näyttämään melko terveeltä, joten hänestä tuntui, ettei kukaan, edes sairaanhoitohenkilökunta, ottanut hänen henkisiä ja ruumiillisia kipujaan todesta. Häneltä kuvattiin luut ja sisäelimet, polvea lukuun ottamatta mitään parannettavaa ei löytynyt. Rauhan sanottiin olevan ikäisessään kunnossa, luut olivat haurastuneet ja limakalvot kuivuneet, mutta mitään elimellistä syytä masennukseen ei löytynyt. Työterveysasemalla hänelle teetettiin vielä sanallinen testi, jonka mukaan hänellä oli keskivaikea masennus. Hän oli myös sairastunut työuupumukseen. Rauha kieltäytyi jyrkästi mielialalääkkeistä ja nukahtamispillereistä, samoin kuin hormoneistakin. Hänen mielestään kourallinen pillereitä aamuisin riitti hänelle, eikä hän kaivannut enää mitään lisälääkitystä. Niinpä, hän oli sitten polven takia leikkausjonossa ja odotti myös pääsyä työssä uupuneiden psykodraamakuntoutukseen.

Väsymys ja jatkuva hengitysteiden tulehdus pakottivat Rauhan käymään usein työterveyslääkärin luona.

Taas kerran lääkäri kirjoitti hänelle neljä päivää sairauslomaa, jonka Rauha otti mielellään vastaan. Saisi levätä kotona edes muutaman päivän. Hän meni viemään sairaustodistusta töihin, jossa Eila oli vaatinut virastomestari Ykän siivoamaan Rauhan huonetta. Huone olikin siistimpi kuin pitkiin aikoihin. Hän oli kulkenut viimeiset ajat kuin unessa, eikä ollut kiinnittänyt työympäristöönsä mitään huomiota. Palatessaan töihin sairauslomansa jälkeen Rauha löysi paikalta uuden pätevältä vaikuttavan harjoittelijan. Muita ei yksikössä ollutkaan, naiset olivat kaupungilla hoitelemassa asioitaan.

Virastomestari Ykä oli kirjoittanut oveensa lapun: "Olen ressilomalla", jonka allekirjoituksena oli: "Minä itte". Rauhaa teksti nauratti, vaikka häntä itseään odottikin pino rästissä olevia töitä. Oliko Ykä "ressaantunut" jouduttuaan siivoamaan hänen työtilansa? Harjoittelija oli hoitanut päivittäiset rutiinit, mutta niinhän se aina oli, töistä poissa oltuaan sai tehdä seuraavat päivät urakalla töitä, että pääsisi normaaliin päiväjärjestykseen. Väsymys ei hellittänyt.

Rauha ajatteli joskus, että elikö hän kenties jonkinlaista pseudoelämää? Elikö hän ollenkaan? Hänestä tuntui, että viimeiset kolme vuotta hän oli vain ollut olemassa ja elämä oli loppunut ennen sitä. Hän tiesi olevansa elossa, koska hänellä oli kipuja. Jos kipuja ei olisi, ei kait olisi olemassakaan? Joskus hän ei mennyt viikonloppuina ulos ollenkaan. Hän tajusi kuitenkin, että mikäli olotila menisi siihen malliin, ettei hän enää peseytyisi, eikä siivoasi, olisi peli lopullisesti menetetty. Sen tähden hänellä oli kello soimassa viikonloppuisinkin.

Hän kävi ruokkimassa hoitokissansa, siivosi kotinsa, pesi ja silitti pyykkinsä ja valmisti ruokaa mekaanisesti.

Arkisin hän kulki töihin ja takaisin kuin robotti. Muut näkivät hänen liikkuvan ja toimivan, joten heidän täytyi tietää, että hän oli olemassa. Vaikka harvathan keski-ikäisen naisen huomasivat ja mitä väliä hänen tekemisillään loppujen lopuksi oli? Vaikka masennus saataisiin lääkkeillä pois, yksinäisyyttä lääkkeet eivät kuitenkaan poistaisi. "Ovatko masennus ja yksinäisyys synonyymeja? Ja miksi yksinäisen pitää olla yksin?" pohdiskeli Rauha. Jos on masentunut, onko aina silloin myös yksinäinen? Aiheuttaako masennus yksinäisyyttä vai yksinäisyys masennusta? Vastauksia hän ei tiennyt.

Rauha pääsi melko nopeasti polven tähystysleikkaukseen. Nuoren naiskirurgin nimi oli Sanna Leikko (nimi taisi olla enne). Hän suoritti toimenpiteen nopeasti tekemällä kaksi reikää polveen ja onkimalla niiden kautta irtopaloja pois. Leikkaus onnistui hyvin, mutta olihan polvi sen jälkeen entistä kipeämpi. Rauha oli yön yli osastolla seuranaan Tyyne, johon hän oli tutustunut jo ennen operaatiota, sekä virsiä veisaava mummon horisko. Tungosta ei ollut, huoneen neljästä sängystä yksi oli tyhjillään. Mummo oli ainoa, joka sai hoitoa. Sairaalassa tuntui olevan samanlainen hällä väliä -meiniki kuin Rauhan mielessä nykyään, henkilökunta viihtyi mieluummin keskenään j käytävillä seilasi ties mitä ulkopuolista porukkaa. Rauha myös ihmetteli, miksi monet hoitstut olivat niin lihavia? Eikö vaikuttaisi sairaiden parantumista edistävästi, jos heitä hoitasi henkilökunta, joka näytti noudattavan terveellistä elämäntapaa? Onneksi Rauhan käsilaukku oli sentään laitettu lukittuun kaappiin, jonka avain oli hoitajan taskussa, joten vähäinen omaisuus olisi tallessa vielä kotiin lähtiessä. Yöksi potilaat täpättiin niin täyteen kipulääkitystä, että pysyivät rauhallisina aamuun asti. Aamulla Rauha lähti kotiin taksilla, mukaansa hän sai kyynärsauvat. Polveen sattui kovasti hänen noustessaan autoon.

Sairauslomalla Rauha pakottautui kävelemään ulkona kyynärsauvojen kanssa. Hän oli menossa vierailulle Touhon luo ja ajatteli käydä ostamassa pullon valkoviiniä tuliaisiksi. Alkossa hän joutui heti tehotarkkailuun, koska hänellä oli kerrankin hyvää aikaa tarkkailla millaisia valkoviinejä hyllyiltä löytyi. Hän nosteli pulloja ja luki niiden etikettejä, jolloin vartija alkoi seurata häntä, luulleen löytäneensä kleptomaanin arkkityypin. Rauha ajatteli, että eipä ollut ensimmäinen kerta. Kaupassa ei saanut käyttäytyä epävarmasti eikä epämääräisesti. Varsinkin Alkossa piti temmata kossupullo hyllystä ja marssia sen jälkeen määrätietoisen näköisenä kassalle. Vartija oli kassan vieressä odottamassa, kun Rauha sauvoineen hoippui paikalle ja seurasi silmä kovana, että Rauha varmasti maksoi viiden euron ostoksensa.

Ikäänkuin hän olisi kyynärsauvoineen pystynyt karkaamaan minnekään! Vastapäätä sijaitsevasta ruokakaupasta kuului hirveää humalaisten meteliä, mutta siitä vartija ei ollut moksiskaan. Huligaanit ryntäsivät varastamansa kaljakorin kanssa ulos kenenkään estelemättä. Rauha oli jo ennestään niin masentunut, että tietoisuus siitä, miten epäilyttävältä ja epärehelliseltä näytti, ei voinut masentaa häntä lisää. Hän ajatteli, että olisi ollut myymälävarasporukassa erinomainen houkutuslintu, koska sillä aikaa kun vartija olisi seurannut hänen touhujaan, liigan muut jäsenet olisivat varastaneet kalliita tavaroita.

Joka tapauksessa, Rauha sai viininsä ja käveli hissukseen Touholle. Keskellä tietä kökötti suuri rusakko. Rauha luuli sitä ensin jonkun karanneeksi koiraksi. City-rusakoita asusteli muutama lähialueella. Touho tarjosi mustikkapiirakkaa, itse leipomaansa tottakai, teen kanssa ja kutsui naapurinsakin mukaan teehetkeen.

Seuraavana päivänä Rauha kävi palauttamassa kyynärsauvat sairaalaan. Sairausloma alkoi jälleen kerran olla lopuillaan, hänen mielessään velloi lähestyvä töihin paluu, kaikki hänen siellä kärsimänsä vääryydet ja itse tekemänsä hölmöydet. Eräs hänen entinen esimiehensä oli sanonut: "Kyllä sinunkin, Rauha, pitäisi opetella olemaan diplomaattisempi!" Eihän se ollut onnistunut edes tähän ikään mennessä, hän möläytti, mitä sylki suuhun toi, suututti toiset ja riiteli näiden kanssa. Ei se ollut työelämään sopivaa käytöstä, sen hän tiesi, mutta ei voinut itselleen mitään. Myös kaikki mielessä pyörivät ikävät ajatukset piti vain ajatella, karkuun niitä ei päässyt.

Rauhalla oli huono sietokyky, mutta hän piti kiinni siitä, ettei hänellekään saanut tehdä mitä tahansa. Koska hän ei kuitenkaan pystynyt vaikuttamaan asioihin omaa oloaan parantavasti, hän turhautui ja masentui. Elämästä katosi ilo ja hauskuus, jäljelle jäi vain velvollisuus käydä töissä hankkiakseen elantonsa. Vaihtoehtoja ei ollut.

Pukukaapin ovi oli lukittava, mutta Rauha ei pitänyt sitä lukossa. Hän ripusti takkinsa sisään. Työt alkoivat ja hän saikin ensimmäisenä sairausloman jälkeisenä työpäivänään hoidettua pois kaikki kiireellisemmät asiat. Kello oli paljon yli viisi illalla, kun hän lähti ulos. Kävely oli hidasta ja polvessa oli kivuntuntemuksia. Paljon tekemättömiä tehtäviä jäi vielä seuraavalle päivälle, koska hän oli ilmeisesti yksikössä ainoa, joka otti ja jonka velvollisuus oli, ottaa puheluita vastaan.

Eilan bestiksenhän piti auttaa häntä, mutta kuten tunnettua, luuri ei pysynyt hänen korvallaan, eivät edes korvakuulokkeet parantaneet asiantilaa. Bestikselle oli annettu päivitettäväksi luettelo, joka Rauhan polvileikkauksen takia oli rästissä. Hyväuskoisesti Rauha luulikin, että asia oli hoidettu ja luettelo kunnossa. Hän järkyttyi siinä vaiheessa, kun Pomo tuli iltapäivällä ilmoittamaan, että Bestis oli jäämässä puolestaan sairauslomalle, josta palaisi töihin vasta kesälomien jälkeen syksyllä. Luettelopäivitys oli tekemättä ja sillä oli nyt kiire. Pomo oli itse lähdössä huviretkelle lahden taakse, mutta tuli selittämään tilanteen Rauhalle lähtiessään. Tämä romahti, siitä huolimatta, että oli ollut töistä pois pari viikkoa, hän tunsi entisen rasittuneisuuden palanneen jo toisena työpäivänä.

Rauha huusi pomolle, että Bestiksen "avusta" oli enemmän harmia kuin hyötyä ja että Eila oli junaillut tämän kaiken Rauhan kiusaksi. Hän ei yleensä paljoa itkeskellyt, mutta nyt kyyneleet purkautuivat esiin. Pomo lähti pois tuohtuneena ja Rauha itse pakeni naapuriosaston taukopaikkaan itkeskelemään ja valittamaan elämän ankeutta ja epäoikeudenmukaisuutta.

Eikä se ollut oikeaa aikuisen käytöstä. Hänen siellä istuessaan pomo soitti laivarannasta sanoen, että Rauha oli pilannut hänen juhlamielensä. Ja lisäsi vielä, että kuinka tämä oli uskaltanut sanoa esimiehelleen vastaan? Pomo väitti, että Rauha oli vieläpä huutanut: "Älä jäkätä!" Sellaista Rauha ei muistanut sanoneensa. Eipä aikuinen ollut esimieskään. Hän lähti kotiin ajatellen, että nyt riitti, ei häntä tarvinnut kiusaamisella ja liian työn teettämisellä tappaa.

Rauha oli poissa töistä seuraavat pari päivää omin luvin, antamatta luettelon päivityksen häiritä itseään. Katuihan hän tietysti kiivastumistaan, mutta sanottu mikä sanottu, seurauksista välittämättä. Hän oli joutunut kierteeseen, josta ei ollut helppo päästä irti. Kaikkinainen aloitekyky oli häneltä loppunut täysin, eikä hän välittänyt enää mistään sitäkään vähää, mitä ennen.

Konfliktin jälkeisenä maanantaina alkoi uupuneiden kuntoutus. Kuntoutukseen varattu tila sijaitsi tehdasalueella ja vaikka Rauha oli lähtenyt ajoissa liikkeelle, hän oli jotenkin valinnut väärän reitin asemalta ja kiertänyt turhaan pitkän matkan löytääkseen osoitteeseen. Niinpä hän puuskutti paikalle hikisenä, hermostuneena ja naama punaisena, kun kaikki muut jo istuivat piirissä tuoleillaan. Huone, jossa kuntoutumisen piti tapahtua, lisäsi Rauhan ahdistusta: se oli pienehkö tila, jossa oli likaisenvalkeat seinät ja ainoastaan kapeat ikkunat katon reunassa, niistä ei luonnonvaloa paljon sisälle päässyt. Oltiin sähkövalojen armoilla kaiket päivät. Tuolit olivat ringissä ympäri seiniä ja nurkissa näkyi lojuvan jotakin kuntoutuksessa tarvittavaa rekvisiittaa. Alkeelliset olivat puitteet. Tuoleilla istuivat muut kuntoutettavat, yksitoista naista ja yksi mies. Kun mukaan luettiin kuntoutuksen toteuttava psykiatri ja hänen avustajansa, pienessä tilassa vietti päivänsä neljätoista henkeä. Kuumaa oli kuin pätsissä ja ilma tuntui loppuvan. Jos ei ollut tarpeeksi masentunut tullessaan, tila kyllä tekisi tehtävänsä.

Kuntoutuksen alkujakso koostui kahdesta täydestä päivästä, aamulla aloitettiin kello yhdeksältä ja iltapäivällä lopetettiin neljältä. Kahvia ja teetä oli saatavana päivän mittaan ja lounas läheisessä työmaaruokalassa kustannettiin osana kuntoutusta. Rauhalla oli ikävä omaa pientä työhuonettaan, josta oli näköala puistoon. Hän ajatteli, että olipa taas paikkaan joutunut, mikään, ei mikään, tuntunut onnistuvan, kun hän yritti saada parannusta eloonsa ja oloonsa. Suurin osa naisista työskenteli hoiva- tai sosiaalialalla taikka opettajina. Niin myös seurueen ainoa mies, ranskalaisella nimellä esittäytyvä peruskoulun yläasteen rehtori. Näillä aloilla työssä uupuminen oli sitä paitsi hyväksyttävämpää, oliko nyt kukaan kuullut, että joku toimistotöistä uupuisi? Rauhasta tuntui, että hänen piti puolustella kuntoutukseen tuloaan ja hän esiintyi sentähden hyökkäävästi sekä häiritsevästi ensimmäisen päivän aikana. Hän itse ajatteli, että koska hänellä oli paha olo, jota ei ollut saanut purettua, kait hänellä täällä olisi oikeus pahanmielen ilmáuksiin? Ei kuitenkaan ollut, sen hän tuli huomaamaan.

Toisena kuntoutuspäivänä selvisi, että Rauhan kuntoutujakumppanit olivat jo oikeastaan täysinoppineita, he tunsivat menetelmän ja olivat osallistuneet useita kertoja aikaisemminkin vastaaviin kuntoutuksiin. Jälleen Rauha oli ainoa uusi ja avuton. Hän puhui väärään aikaan ja vastasi väärillä sanoilla. Kun toiset itkivät vuolaasti kärsimiään vääryyksiä, Rauha nauroi äänekkäästi. Häntä suututti erityisesti se, että kaikesta syytettiin vanhempia ja lapsuutta. Sigmund Freudko sen opin oli ihmisiin iskostanut? Hän oli nähnyt Freudista kertovan televisiosarjan, mutta ei ollut itse perehtynyt miehen kirjoituksiin. Rauhan mielestä lapsuuden perusteella edesautettiin ihmisiä elämään itsepetoksessa ja välttelemään vastuunottamista omista tekosistaan. Tällä tavalla saatiin aikaan vain Peter Pan -tyyppisiä ikuisessa lapsuudessa eläviä ihmisiä.

Mutta eikö hän itsekin työpaikallaan käyttäytynyt niin kuin Pomo olisi hänen äitinsä, jolle voi sanoa vastaan ja kiukutella?Valitettavasti niin tapahtui. Rauha halusi ottaa, ja ottikin, vastuun omista teoistaan ja epäonnistumisistaan, mutta se vastuunotto masensi hänet. Hän oli päättänyt, että olipa lapsuus ollut miten karmea, ja vanhemmat miten epäonnistuneita tahansa, hän antaisi, jos ei anteeksi, niin ainakin heidän levätä rauhassa haudassaan. Hän ei vetoaisi huonoihin lapsuuskokemuksiinsa, hänen mielestään vanhemmat olivat sovittaneet pahat tekonsa kuolemalla. Hän oli nähnyt ja kokenut paljon kauheutta lapsuudessaan. Eikä hän koskaan pystyisi lapsuudestaan puhumaan. Eihän sitä oikeastaan ollut ollutkaan. Vanhemmuuteen ei vaadittu tutkintoa. Kaikki joilla lisääntymisvärkit toimivat pääsivät lisääntymään, vaikka henkisesti olisivat olleet miten epäkypsiä tahansa. Hän ei halunnut järkyttää muita sellaisilla tiedoilla. Kaikki paha oli sementoitu hänen sisimpäänsä, eikä mahdollisuutta sen ulos tuloon olisi.

Kuntoutuksessa hän oli toisinajattelija, sielläkin. Niinpä hän ei nähnyt, mitä mieltä koko touhussa oli, mutta päätti kuitenkin katsoa loppuun, asti miten hänen uupumuksensa kanssa kävisi. Kaikkein vuolaimmin kovalla äänellä itkenyt ja äitiään eniten syyttänyt Ulla-niminen sosiaalitantta sanoi hänelle toisen päivän iltana, kun Rauha oli vähän rauhoittunut: "Kyllä minä eilen ajattelin, että herra jestas mikä tyyppi sinä olet, ja mitä tästä kaikesta oikein tulee? "Taas tuli todistettua, että Rauha oli viallinen, ei siihen terapiakaan auttaisi. Hän kuitenkin ymmärsi, että ryhmän jokaisella ihmisellä oli oma tarinansa ja oma taakkansa, jonka takia tämä oli uupunut. Rauha arvosti heitä ihmisinä, vaikkei terapiametodia pystynytkään arvostamaan. Hän myös kunnioitti psykiatria ja hänen työtään.

Porukassa oli opettaja, jonka omat lapset olivat kuolleet; perushoitaja, joka oli entinen alkoholisti ja pelkäsi sen tulevan työpaikallaan ilmi; taiteilija, jolla oli lapsuudentraumojen lisäksi rahahuolia ja vastaavia kohtaloita. Rehtori oli murtunut työtaakkansa alle, EU oli tuonut lisäbyrokratiaa ja lisäongelmia koulutoimeen. Kaiken sen kuuleminen ja myötäeläminen ei vähentänyt Rauhan omaa uupuneisuutta. Epäonnistumisen tuntein olisi palattava työpaikalle.

Terapiajakson päätyttyä toisen päivän iltana, Rauhasta tuntui, että hänen on saatava raitista ilmaa istuttuaan kaksi päivää ahtaassa ja tunkkaisessa tilassa ahdistuneiden ihmisten kanssa ahdistuksen ilmapiirin velloessa ympärillä. Illat olivat jo pitkään valoisia, joten Rauha päätti matkustaa keskustaan ja tehdä kävelylenkin hautausmaalla. Hän oli hautausmaafriikki, eikä ollut lapsenakaan pelännyt niille menemistä. Hänen ensimmäinen muistikuvansa haudalta oli, kuinka hänen äidinisänsä laskettiin kuoppaan ja kuoppa peitettiin havuilla. Äiti oli itkenyt ja pappi puhunut, että isoisän sielu lensi taivaaseen. Rauha oli pällistellyt yläilmoihin, nähdäkseen sielun, mutta oli nähnyt vain pilviä sinisellä taivaalla. Siihen aikaan, sotien jälkeen, hautajaiset olivat jotenkin ihmisläheisemmät. Nykyään kaikki oli tehty niin steriiliksi, että lapsi tuskin tajusi missä tilaisuudessa oli, jos hänet hautajaisiin otettiin mukaan. Rauhalle oli lapsena selitetty, että hautausmaalla kuolleet nukkuivat kivien alla, joten se sielujuttu oli vaikeasti ymmärrettävä.

Hautausmaalla hänelle tuli rauhallinen olo ja tunne siitä, että kaikki oli valmista. Elämä oli kuin kirja: oli alku, oli loppu ja niiden välissä oli tarina, joka oli kyseisen ihmisen elämä. Mutta, kirjoitetut kirjat saattoivat säilyä luettavina vuosituhansia. Tavallisen ihmisen tarina päättyi siihen, kun viimeinenkin niistä ihmisistä, jotka hänet olivat tunteneet, poistui maailmannäyttämöltä. Onnettominta oli, jos ihmistä ei muistanut kukaan, eikä hän onnistunut jättämään mitään merkkiä itsestään lenkkinä sukupolvien ketjussa. Tai oikeastaan, jos oli lapseton, silloinhan ketju hänen kohdallaan oli jo katkennut. Hautausmaa oli meren rannalla ja tarjosi viileitä varjoja ja mielenrauhaa.

Rauha piti erityisesti vanhoista haudoista, joissa lepäsi entisajan merkkihenkilöitä. Niiden lisäksi hän kävi Taiteilijoiden kukkulalla, jossa viimeistä untaan nukkuivat monet nykyajan taiteilijat ja vaikuttajat. Rauha ihmetteli pienehköjä ja hänen mielestään mauttomiakin hautakiviä. Rannalla näkymät olivat tutut, siellä olivat Lapinlahden sairaala, jossa ei enää ollut hulluja sekä Salmisaaren tehdas, jossa ei enää valmistettu viinaa. Punainen kuutionmuotoinen tiilitalo sairaalan pihassa oli aikaisemmin herättänyt ihanankarmeita väristyksiä, kun hän oli ajatellut, että kaikkein kauheimmat mielipuolet oli teljetty sinne.

Rauhan äskettäin leikattu polvi äityi jomottamaan samalla, kun iltakin osoitti pimenemisen merkkejä ja hän lähti hiljaa laahustamaan kohti rautatieasemaa. Jokaisella askeleella sattui ja hän uskoi tietävänsä, miltä Andersenin pienestä merenneidosta tuntui, kun oli toivonut ja saanut jalat pyrstönsä tilalle.

Rauhan tultua kuntoutuksesta takaisin töihin siellä oli ollut, ihme kyllä, rauhallisempaa sekä asiakkaiden että työtovereiden osalta. Koko ajan piti kuitenkin olla varuillaan, koskaan ei voinut tietää, miltä suunnalta seuraava isku tulisi? Seidi oli palannut orkesterikiertueeltaan ja tarjonnut töissä kuohuviiniä. Yksikössä oli käytössä omat kertakäyttölasit, jotka tyttö oli tiskannut astianpesuaineella ennen tarjoilua. Kuohuviini kuohui normaalia enemmän ja juoman maku oli niin saippuamainen, ettei sitä voinut juoda. Seidi ei ollut huuhdellut laseja tarpeeksi huolellisesti, mutta siitä viis, tapaukselle oli naurettu ja siitä oli jäänyt hyvä mieli ainakin Rauhalle. Niin harvoin hän oli saanut töissä nauraa viime kuukausina.

Rauha oli myös järjestänyt bileet alkavan kevään kunniaksi harjoittelijan avustuksella. Ne eivät olleet suurmenestys. Kellarin takkahuoneessa oli aloitettu kahdeksan naisen voimin aperitiivien ja pikkupurtavan merkeissä. Myöhemmin oli siirrytty irkkuravintolaan, jonne oli tullut muutama miespuolinenkin juhlija, joiden joukossa oli Vilppu. Toiset joivat olutta ja Rauha gintonicia. Paikalle pyyhälsi yllätysvieraita, kun Henriikka ja Untamo, jotka pitivät paastoa alkoholijuomien nauttimisesta, tulivat siitä huolimatta ravintolaan. Rauhalla oli naurussa pitelemistä, kun Henriikan molemmat miehet istua nakottivat rinnakkain ja keskustelivat keskenään "ihan pokkana". Sillä välin Henriikka keskittyi retostelemaan oman ryhmänsä, ja Rauhan, epäonnistunutta kehittämishanketta, josta ei olisi saanut puhua ulkopuolisille. Hän haukkui myös Pomon epäonnistuneen ja leväperäisen johtamistyylin sekä selitti, että itse olisi paljon parempi henkilö yksikön johtoon, olihan hän jo tuuraaja. Rauha ajatteli, että mieluummin ei, hän sieti paremmin velttoa johtamista, kuin jonkun pikkuhitlerin alaisena olemista. Pariskunta häipyi omassa erinomaisuudessaan melko pian, mutta tunnelma oli Rauhan mielestä pilalla. Hän lähtikin parin drinkin jälkeen Seidin kanssa pois ja oli kotonaan puolelta öin.

Kevätbileitä seuranneena päivänä Rauha oli nähnyt lehdessä ilmoituksen: "Kansainvälisen Sinkkuklubin avoin keskustelutilaisuus järjestetään maanantaina klo 17 keskustan ravintolassa". Ravintola oli Rauhan kotimatkan varrella, joten hänen oli helppo mennä katsomaan, mistä olisi kysymys. Paikalla tuntui olevan vain hänen itsensä kaltaisia luusereita: kaksi keski-ikäistä naista ja kolme ilmeisen seksinhaluista miestä. Tasaparit, hah haa! Keskustelua ei tällä porukalla saatu aikaiseksi.

Paikalle sipsutti vielä kaksi venäläistä typykkää, jotka vetäytyivät omiin oloihinsa. Tunnelma sähköistyi, kun paikalle asteli pariskunta, jonka miehen Rauha tunnisti lehtijuttujen perusteella. Mies oli tantraseksiguru uuden virolaisen rouvansa kanssa. Keskustelua tantraseksistä, eikä muustakaan, saatu alkamaan. Mitä se tantraseksi oikein oli, jäi Rauhalle epäselväksi. Selvisi kuitenkin, että kansainvälinen sinkkuklubi oli tarkoitettu maahanmuuttajille, mikä selitti seksinhaluisten suomalaisten miesten paikallaolon. Tantraseksimies ja hänen Kohtla-järveltä kotoisin oleva vaimonsa olivat Rauhan mielestä ihan hyviä tyyppejä ja hän juttelikin heidän kanssaan Viron oloista ja muista yleislaatuisista asioista.

Oltuaan tunnin tilaisuudessa Rauha oli lähtenyt kotiin. Yöllä Rauha oli nähnyt työtoveristaan Fannista unta. Tämä työtävieroksuva viranhaltija ja omia yksityisasioitaan työpaikalla päivittäin hoitava johtajien pikku lemmikki osasi olla itse piru, kun sille päälle heittäytyi. Hänellä oli kova vauvakuume, olihan hänellä vakituinen virka, ettei tarvinnut pelätä työpaikan menettämistä ja pakottava tarve päästä naimisiin. Fanni oli päätellyt, ettei miehen sitouttaminen onnistuisi jollei olisi lasta tulossa. Kyllä työpaikan miehetkin olivat hänen kimpussaan, mutta parisuhteeseen sitoutumisen laita heillä oli niin ja näin. Rauha oli kertoillut Fannille omia äitiyskokemuksiaan, vaikka olikin ajatellut, ettei naisen, joka on itse henkiseltä kehitykseltään vielä lapsen tasolla, kannattaisi hankkia omia lapsia. Mutta, eihän äitiyteen mitään kypsyystodistusta vaadittu. Fanni oli vähätellyt Rauhan kokemuksia ja vääristellen kertonut niistä muille. Kaikenlaisten ilkeämielisten sähköpostien kirjoittamisessa Fanni oli mestari.

Sähköpostiliikenne viuhuikin edelleen sähköisenä yksikön eri jäsenten välillä. Kehittämisprojekti ei ollut sitä lopettanut. Joka tapauksessa Rauhan unessa hän ja Fanni olivat olleet sovinnossa, oli kesä ja Rauha auttoi Fannia lapsen hoidossa. Mitähän sekin tarkoitti? Rauha oli herännyt tavan mukaan väsyneenä. Ajatukset pyörivät tuttua rataa: miksi minun piti syntyä maailmaan? Kukaan ei minua tänne halunnut. Mikä tarkoitus on elämälläni? Olenko täällä vain muiden kiusana? Hän oli ollut 14-vuotias, kun oli päättänyt tappaa itsensä. Hän koki, ettei kukaan häntä rakastanut, eikä tarvinnut, vaan kaikki kiusasivat ja pilkkasivat häntä.

Hölmöyttään hän oli joutunut ajautunut, eikä siitä roolista sitten ollut päässyt eroon koko elämänsä aikana. Aikuistuttuaan hän oli tajunnut, että kierot ja ilkeät ihmiset syytivät hänen päälleen kaikki omat epäonnistumisensa ja turhautumisensa päästäkseen itse mahdollisimman vähällä. Hän oli sopiva kohde. Uhri hän ei kuitenkaan halunnut olla. Koulutyttönä Rauha oli yrittänyt päättää päivänsä syömällä kaikki lääkkeet, mitä kotona lääkekaapista oli löytynyt, mutta tuloksena oli ollut vain vatsatauti. Sitten hän oli mennyt korkealle kalliolla tarkoituksenaan hypätä alas kivikkoon. Siellä seisoessaan hän oli tajunnut, että hänellä oli vielä elämä kaikkine kokemuksineen edessä, ehkä hänen onnensa vielä kääntyisi ja hän saisikin elää onnellisen elämän? Ei hän sitten ollut uskaltanutkaan hypätä, mutta nyt, nelisenkymmentä vuotta myöhemmin, hän tajusi, että olisi pitänyt. Olisi säästynyt paljolta. Onni ei ollut kääntynyt. Vain hänen kissansa nimi oli Onni ja se olikin hänen suurin onnensa nykyään.

Välivaraston ovi oli levällään Rauhan työntyessä raivostuneena sisään. Varastossa Rauha oli siksi, että Eila Surva oli mennyt Pomolle valittamaan, että välivarasto oli hirveässä epäjärjestyksessä ja Rauhan olisi se siivottava. Välivarasto oli paikka, jonne arkistoitava aineisto sijoitettiin ennen varsinaista arkistoon siirtämistä. Siellä säilytettiin myös esitemateriaaleja ja konttoritarvikkeita. Pomo oli nöyrästi tullut välittämään Eilan viestin Rauhalle, joka juuri silloin oli tuskaillut työpaineen alla oltuaan uupuneiden kuntoutuksen takia pois töistä pari päivää. Rauha oli huutanut, että siivotkoon Eila itse varastonsa, jos se häntä häiritsee, Rauhaa ei häirinnyt.

Hän tiesi, että väittelyssä kiivastunut ihminen jäi aina toiseksi, mutta tällä kerralla molemmat olivat kiivastuneita, koska pomo alkoi sättiä Rauhaa (Eilan ohjeiden mukaan) muistaen kaikki aikaisemmat kerrat, jolloin hänellä oli ollut ongelmia Rauhan johtamisessa. Ovi oli ollut auki ja käytävä kaikunut riitelystä. Rauha myönsi olevansa hermoheikko huutaja, mutta ei pomokaan hänen mielestään käyttäytynyt esimerkillisesti, eikä esimiesmäisesti. Olisi edes vetänyt oven kiinni, koska seisoi lähellä ovea. Nyt vahingoniloiset työtoverit kuuntelivat korva tarkkana, kun Rauha sai huutia. Tulos oli, että Rauhan oli siltä istumalta lähdettävä varastoa tyhjentämään. Hän oli pyytänyt ressilomalta palannutta virastomestari Ykää tuomaan suuren Sulo-roskiksen varaston ovenpieleen.Ei varastossa hänen mielestään ollut mitään erikoista sekasortoa, oli hän paljon sotkuisempiakin nähnyt. Eila oli vain edelleen kostoretkellä häntä vastaan, koska hän ei ollut suostunut pyytämään anteeksi.

Rauha ei tosin enää muistanut miksi olisi pitänyt. Hän alkoi nostella esitelaatikoita lattialta hyllylle ja tyhjentää mappeja papereista, joita ei ollut tarkoitus arkistoida. Hän teki työtä sadatellen myöhään iltaan asti. Jo työn alkuvaiheessa hän revähdytti jotenkin vatsalihaksensa ja kamppaili vatsa-ja selkäkipujen kanssa koko ajan. Kai kipu oli jotenkin psykosomaattista, mutta sitä jatkui usean päivän ajan varaston siivoamisen jälkeen. Rauha valitti pomolle kipeytymistään ja pyysi, että vanheneva työntekijä säästettäisiin tällaisilta työtehtäviltä. Että oltaisiin muutenkin hieman armollisempia toisia kohtaan, huomioiden heidän ikänsä ja elämäntilanteensa. Pomo sanoi, että se ei ollut mahdollista tiedonjulkistamisyksikössä, koska Eilan mielestä vain virkavuodet ratkaisivat. Eli se, joka on viimeksi tullut, tehköön raskaimmat työt.

Itselleen Eila oli anonut oikeutta tehdä etätöitä, joten seuraavalla viikolla tuli ilmoitus: "Eilalle on myönnetty mahdollisuus etätyöhön. Etätyötä on mahdollisuus tehdä yhtenä päivänä viikossa, eikä etätyön viikonpäivää ole määrätty, vaan se katsotaan työtilanteen mukaan." Rauhalla tieto toi helpotuksen tunteen, saisihan hän edes yhden työpäivän viikossa olla näkemättä Eilaa työpaikalla. Fannille Eila kehui käyttävänsä ylimääräisen kotonaolopäivän oleskeluun lastenlastensa kanssa, käymällä uimassa ja kaupoissa. Eila oli Rauhaa nuorempi, mutta jo usean lapsen isoäiti. Hän olikin miesvoittoisen perheensä matriarkka, joka oli tottunut johtamaan ja pitämään kuria.

Varastojupakan jälkeen pomo oli hommannut Rauhan henkilöstöpäällikkö Elma Kutojan luokse kuulemaan, mitkä kaikki olivat hänen työtehtäviään. Tuli kerratuksi taas se, että kaikki yksikön paskahommat olivat Rauhan tehtäviä. Tiedonjulkistajille ne eivät kuuluneet, eivätkä myöskään Rauhan avuksi otetulle Eilan Bestikselle. Pomo oli myös ehdottanut Rauhan siirtämistä pois tiedonjulistamisyksiköstä johonkin näkymättömämpään työhön.

Elma lupasi tutkia tilannetta ja ilmoittaa, kun vapautuisi jokin vähäarvoinen sijaisuus. Pomon ehdotuksen syynä ei suinkaan ollut Rauhan käyttäytyminen tai se, miten hän töistään selviytyi, vaan esteettiset seikat. Rauhan nykyinen ulkonäkö ei ollut kunniaksi tiedonjulkistamisyksikölle, oli Pomo sanonut Rauhalle, joten hänet haluttiin pois vierailijoiden silmistä.

Oli Rauhalla aihetta iloonkin, hän sai huoneeseensa lisää arvokkaita tummia kaappeja ja pystyi järjestämään paperinsa pois näkyviltä suljettujen ovien taakse. Paperittomasta toimistosta ei ollut tietokaan, ainakaan valtion virastossa. Ilo kaapeista jäi lyhytaikaiseksi, sillä huone aiottiin antaa jollekin korkeammassa virassa olevalle. Rauhan oli odotettava, että vapautuisi jostakin homeinen koppero, jossa olisi ikkuna pihan puolelle ja vähemmän arvokas sisustus. Siellä ei hänen ulkonäöllään olisi väliä. Huone olisi yhtä ruma kuin hän itsekin.

Kevät oli tullut kesäaikaan siirtymisen myötä. Vuosi vuodelta Rauha oli tuntenut itsensä aina vain uupuneemmaksi kesäajan alettua. Kumma, että yhden tunnin siirtäminen voi vaikuttaa niin paljon! Aamulla oli taas pimeää, juuri kun oli ehtinyt tottua valkeneviin aamuihin. Ihan turhaa touhua muutenkin Rauhan mielestä oli se, että kellojen viisareita käänneltiin kahdesti vuodessa. Vanha konsti, eli tässä tapauksessa vanha "oikea" kellonaika olisi ollut parempi. Mutta, tämäkin oli nyt niitä eurooppalaistumiseen liittyviä kotkotuksia, joihin piti vain sopeutua.

Rauhan seinänaapurit kotitalossa, eivätkä muutkaan naapurit, piitanneet kellonajoista, he tuntuivat olevan ikiliikkujia, jotka eivät lepoa suoneet muillekaan. Jotkut taloyhtiön suurimmista asunnoista olivat sellaisia, että niissä vaihtuivat asukkaat tiheästi. Ei riittänyt, että kärsi unettomuudesta, vaan joutui vielä valvomaan lukuisia öitä naapureiden takia. Poismuuttoa ja asunnon vaihtoa Rauhalla ei ollut voimia suunnitella. Asunto oli hänen pesänsä, jossa hän oli turvassa, kunhan piti ovensa lukittuna, eikä avannut sitä, ellei tiennyt, kuka sen takana oli.

Puhelimella tulevilta yhteydenotoilta oli vaikeampi suojautua. Taimi soitteli hänelle vähän väliä kysellen, oliko Rauha nähnyt Maunun kuolinilmoituksen ja muistokirjoituksen lehdessä, ja puhuen tuntien pituisia monologeja pojan kohtalosta. Kauheaahan se oli, ei voinut olla kauheampaa kohtaloa kuin oman lapsen menettäminen, sen Rauha tajusi ja myönsi, mutta hänen oli katkaistava Taimin puhetulva oman masentuneisuutensa takia.

Parvekkeelle paistoi aurinko jo lämpimästi aamuisin. Rauha istui siellä kintut paljaana ja kuivaharjasi niitä. Henkisen sekamelskansa takia hän ei ollut jaksanut kiinnittää huomiota ulkoiseen hyvinvointiinsa. Eikä ollut tarvettakaan, koska hänet oli jo todettu liian pahan näköiseksi ihmisten silmille. Silti hän aamuisin rasvasi kasvonsa ja punasi huulensa töihin lähtiessään. "Vaikka oli raskastakin, oli pääasia, että nousi ylös, maalasi suunsa punaiseksi ja meni eteenpäin", oli eräs virolainen näyttelijätär sanonut ja Rauha uskoi häntä. Kivuliaat alaraajat olivat jäänet kylläkin ilman huomiota.

Rauha kävi aina Virossa vieraillessaan jalkahoitajalla ja unohti, jos kipujen takia pystyi, sitten kulkuvälineensä. Eräänä sunnuntaiaamuna hän oli jäänyt sängyn laidalle tuijottamaan laihoja ja paksun hilsekerroksen peitossa olevia koipiaan ja säikähtänyt. Verenkierto oli mennyt todella huonoksi. Oivalluksen jälkeen hän alkoi rasvata jalkateriään ja sääriään, mutta se ei riittänyt, kuollut hilsekerros ei hävinnyt mihinkään. Sitten hän oli muistanut vanhanaikaisen kuivaharjauksen ja alkanut sunnuntaiaamuisin, jos parvekkeella tarkeni, harjata kinttujaan voimallisesti valkoisten hiutaleiden pölistessä ympärillä. Tervettä ihoa ei vain tuntunut löytyvän, mutta ilahduttavaa oli se, että hän kykeni tekemään edes jotakin olonsa kohentamiseksi.

Kissa Onni Tuppurander oli emäntänsä seurana parvekkeella. Kun Rauha raastoi koipiaan, Onni tarkkaili tinttejä. Erilaisia lintuja pihassa majailikin paljon, koska piha ei ollut pelkästään autoille pyhitettyä aluetta. Parkkipaikka ja pyykinkuivausteline olivat Rauhan ikkunoiden alla, mutta kesäisin vaahterapuut peittivät ne osittain. Pihalla oli pienellä alueella monenlaisia puita: vaahteroiden lisäksi lehmuksia, koivuja ja havupuita. Lisäksi oli pensaita, marja-aronioita ja taikinamarjoja.

Rauhan suruksi suuri kaunis pihlaja, suomalaisten pyhä puu, oli kaadettu edellisenä kesänä. Se oli varjostanut pahoin kahden asukkaan parvekkeita ja kait juuretkin aiheuttivat talon perustuksille vahinkoa, mutta Rauha oli surrut puun menetystä kuin ystäväänsä. Pihlaja oli antanut suojaa ja ravintoa monille linnuille. Eräänä syksynä. Rauhan tullessa kotiin, silloin jo lehdetön puu oli ollut täynnä kauniita tilhiä. Lintujen lisäksi pihassa asusti yksinäinen orava, jonka Rauha oli usein nähnyt loikkivan roskikselle päin. Joten, ilmojen lämmittyä, Onni Tuppuranderilla riitti tarkkailtavaa ja se oleilikin parvekkeella lähes ympärivuorokautisesti.

Kerran koettiin kauhun hetkiä: oli sunnuntai-aamu ja Rauha keitteli itselleen aamuteetä. Parvekkeen ovi oli raollaan, koska kissa istui parvekkeen pöydällä tarkkailutehtävissään. Onni käkätti linnuille kissoille tyypillisesti äännellen viikset väpättäen, kunnes alkoi kuulua karmeaa raakuntaa. Rauha juoksi ovelle katsomaan, mitä oli tapahtumassa ja näki, että suuri varis koukkasi alas kissaa kohti, siihen miltei osuen. Ihme kyllä, kissa oli kuin lamaantunut, eikä tehnyt liikettäkään paetakseen. Rauha tempaisi keittiöpyyhkeen jolla huitoi raakkujaa, vaikka häntä itseäänkin pelotti. Lopulta hirmuinen lintu lensi pois edelleen käheästi äännellen. Nuorenpana, kun Rauha oli asunut ylimmässä kerroksessa, parvekkeelle tulivat pulut munimaan, kunnes hän keksi laittaa parvekkeen nurkkaan vanhan karvahatun, johon oli kiinnittänyt kullanväriset napit silmiksi. Se oli tehokas kissan korvike ja lopetti pulujen pesinnän. Mutta, variksethan ovat lintuja, joilla ei ole luontaisia vihollisia, eivätkä ne pelkää kissoja. Käyväthän ne pesimäaikanaan ihmistenkin kimppuun. Rauha oli hyökkäyksestä enemmän säikähtänyt kuin kissansa.

Talvella kissa ei parvekkeelle halunnut, paitsi jos huomasi, että Rauha ei ollut tehnyt siellä lumitöitä, jolloin se kävi oven ollessa raollaan pissaamassa lumihankeen. Kissa oli käynyt raihnaiseksi, niinkuin emäntänsäkin, heidän vyötärönympäryksensä kasvoi samaa tahtia ja jalat olivat ohuet molemmilla. Rauha ruokki kissan säännöllisesti, siivosi sen hiekkalaatikon ja nautti öisin turvallisuuden tunteesta kuullessaan kissan kuorsaavan äänekkäästi. Eron uhka tuntui kuitenkin lähestyvän.

Sen viikon, jolloin Rauha oli riidellyt esimiehensä kanssa varaston siivoamisesta, kissa oli voinut Rauhan mielestä ihan normaalisti, ollut hänen seuranaan iltaisin sohvalla nukkuen ja kehräten. Perjantai-iltana, kun Rauha oli tullut kotiin, hän oli huomannut, ettei kissa jaksanut hypätä sohvalle ja oli nostanut sen puolihuolimattomasti tyynyn viereen. Lauantaina hän oli siivonnut ja keitellyt, niin kuin aina, vaikka oli pannutkin merkille, että kissa oli vetäytynyt saunan lauteille nukkumaan, eikä tullut sieltä koko päivänä pois. Sunnuntaina Rauhan oli pako myöntää, että kissan laita oli huonosti ja sillä oli ilmeisen kovia kipuja. Eläinlääkäripäivystys oli kuitenkin kaukana, eikä Rauha tiennyt, miten olisi kissan sinne kuljettanut. Tai oikeastaan, hän ei suostunut toimimaan, koska pelkäsi joutuvansa luopumaan rakkaasta kissastaan saman tien. Hän päätti odottaa maanantai-aamua viedäkseen kissan oman kylän yksityiselle eläinlääkärille. Hän soittikin heti aamulla lääkärille ja sanoi kissalla olevan kovia vatsakipuja. Lääkäri, joka oli todellinen kissojen mengele, kuten Rauha myöhemmin tajusi, sanoi olevansa kovin kiireinen, mutta lupasi jossain vaiheessa vilkaista kissaa.

Onni Tuppurander-raukka oli Rauhan puhelun aikana vetäytynyt jo kaapin alle odottamaan kuolemaa, eihän kuolevia eläimiä luonnossakaan nähnyt, elleivät ne olleet ihmisen takia kuolemassa. Rauha soitti Bennon, joka sattui olemaan kotona, viemään itsensä ja peittoon käärityn kissan radan toisella puolella majailevelle eläinlääkärille. Tämä totesi kissalla olevan todellakin kovia kipuja, antoi sille rauhoittavan pistoksen ja tunki potilaan ahtaaseen häkkiin, luvaten tutkia kissan paremmin palaverinsa jälkeen ja soittavansa sitten Rauhalle. Sinne häkkiin Rauhan pitkäaikainen elämänkumppani jäi, hän ei saanut edes silittää sitä viimeistä kertaa, koska eläinlääkärillä oli kova maanantai-aamun kiire. Rauha vilkutti vain ovelta: "Hei, hei Onni!" Niin kuin oli aina tehnyt töihin tai matkoille lähtiessään. Onni katsoi häntä suurin silmin, tietäen näkevänsä emäntänsä viimeisen kerran. Ulos päästyään Rauha alkoi itkeä hillittömästi, mitä Benno ihmetteli suuresti, olihan kyse hänen mielestään "vain" eläimestä.

Kotiin tultuaan Rauha soitti töihin palkattomasta poissaolostaan ja jäi odottamaan eläinlääkärin soittoa, joka tulikin parin tunnin päästä. Nainen pyysi lupaa kissan lopettamiseen, sanoen kissan olevan jo niin vanha, ettei sitä kannata sen enempää kiusata tutkimuksilla. Myöhemmin Rauha kuuli muiden kokemuksista, että eläinten lopettaminen olikin lähes ainoa toimenpide johon kyseinen eläinlääkäri suostui. Iltapäivällä Rauha avasi eläinlääkärin oven raskain mielin. Hän ei halunnut nähdä kissaansa vainajana, tilasi vain tuhkauksen ja valitsi vaaleansinisen uurnan Onnin tomumajalle sekä maksoi laskun. Kissa tulisi parin viikon kuluttua postipakettina takaisin.

Oli harmaa ja tuskastuttavan sumuinen päivä, aurinko ei silloin onneksi paistanut, poistuessaan Saima tähyili ikkunaa, jonka taakse hän oli Onni Tuppuranderin jättänyt. Siellä se nyt makasi, suuret silmät ja kiiltävät turkki, hukkaan mennyttä kauneutta, polttouuniin pääsyä odottamassa. Vettä alkoi sataa vielä kovemmin kissan kuolinpäivänä. Rauhan tuttava Touho lahjoitti hänelle kissan muistoksi tekemänsä vaaleansinisen lasienkelin. Rauha ripusti enkelin ikkunaansa ja sai lohtua sitä katselemalla. Pikku Onnilla oli kaikki hyvin. Ihmisen taakka oli päättää lemmikkieläimensä elämästä ja kuolemasta. Jo pentua kotiin tuodessaan tiesi, että viimeinen yhteinen päivä koittaisi jossain vaiheessa.

Kissan menetys oli uusi ja odottamaton kohtalon isku Rauhalle. Hän itki itkemästä päästyään ja hankkiutui heti eroon kissan ruokakupeista, hiekkalaatikosta, leluista ja kopasta. Kissan valokuvia hän ei pystynyt katselemaan ja kotona hän oli aina näkevinään Onnin käpertyneenä lempipaikoilleen. Naukaisujakin hän oli kuulevinaan. Oli lohdutonta tulla kotiin, kun toinen ei ollutkaan eteisessä odottamassa. Hän syytti itseään ankarasti siitä, että oli ollut niin syventynyt omaan pahaan oloonsa, ettei ollut huomannut kissan vaivoja.

Ja, että hän oli rääkännyt kissaa viikonlopun yli kotona kovissa tuskissa! Eikä ollut vaatinut saada silittää ja hyvästellä kissaa kunnollisesti viimeiselle matkalle. Häkkiin jääneen kissan suuret silmät hän muistaisi lopun ikäänsä. Kuoleman talo, hän ajatteli joka aamu nähdessään töihin lähtiessään eläinlääkäriaseman rakennuksen. Hän käveli pitkiä kävelylenkkejä metsässä Onnia muistellen, muistamatta myöhemmin, missä oli kävellyt ja kuinka pitkään oli viipynyt. Hyvä puoli surussa oli se, että hän itkettyä ja purettua lukkiutuneita surun tunteitaan. Mutta kuinka kauan oli soveliasta surra kissaa?

Vaikka surihan hän vuosikausia rikkimenneitä esineitäkin. "Miksi, miksi, kissan piti menehtyä juuri nyt kevään alettua?", Rauha vaikersi yksinään. Miksei se saanut elää vielä edes yhtä kesää? Se olisi nauttinut kovasti auringosta ja lämmöstä. Hän oli olettanut, ja toivonut Onnin elävän vielä vuosia, ainakin Rauhan eläköitymiseen asti. Miksi kaikki paha hänen elämässään tuntui sattuvan juuri nyt, kevään alettua? Rauhan pojallekin kissa oli ollut rakas, sillä hän oli sen itse valinnut pentueesta. Tai oikeastaan kissa oli valinnut heidät. Se oli aina ollut hiljainen ja vaatimaton, mutta määrätietoinen kissa ja tunteikas kissa.

Nuorena Onni oli ollut niin liikunnallinen, että olisi halunnut, että sen kanssa leikitään aina, kun se oli valveilla. Sille piti heittää pyyhekumia, jonka se nouti kuin koira ja toi hampaissaan Rauhan jalkojen juureen. Leikkiä piti jatkaa loputtomiin. Ja sitten oli kärpästen metsästys. Nuori kissa ei sietänyt yhtään ötökkää huushollissa, vaan käkätti äänekkäästi ja vaati, että Rauhan piti nostella sitä kohti kattoa, jossa hyönteinen lenteli.

Niin nopea se oli, että usein saikin kärpäsen korkeuksista käpäläänsä, jonka jälkeen söi ötökän. Vuosien aikana kissa oli muuttanut Rauhan elämäntilanteen mukaan eri asuntoihin, joihin kaikkiin se oli sopeutunut hyvin. Tärkeintä oli, että ruokakuppi ja hiekkalaatikko löytyivät asunnosta. Nyt niille ei ollut enää käyttöä. Kevät on kauhein vuodenaika, ajatteli Rauha. Tunsi hän itsesääliäkin: "Miksi juuri nyt, kun hän tarvitsi kissaa eniten ja se tuntui läheisemmältä, ymmärtäväisemmältä ja viisaammalta, kuin koskaan aikaisemmin, siitä piti luopua?" Kissa oli ollut ainut mitä hänellä oli. Ainoa, joka oli hänen. Vain harvoista ihmisistä tuli Rauhan mielestä viisaita vanhetessaan, toisin kuin eläimistä. Vanhat eläimet olivat aina viisaita. Pikku Onni oli opettanut hänelle, että elämän voi ottaa kevyemmin ja itselleen voi olla armollisempi. Se ei tuominnut häntä koskaan.

Kissan poismenon aiheuttamasta surusta ja ahdistuksesta helpotusta etsiessään Rauha päätti lähteä käymään lapsuuden kotikaupungissaan, josta oli eronnut suurin piirtein samalla tavalla, kuin kissasta, nyt vuosikymmeniä myöhemmin. Hän ei ollut tiennyt lähtevänsä lopullisesti. Äiti oli jäänyt bussiasemalle vilkuttamaan. Tosin, vanhaan kaupunkiin pääsi vieläkin käymään, mutta kissaa ei näkisi enää koskaan. Rauhan vähäiset sukulaiset eivät hänen vierailustaan paljoa perustaneet, he olivat nurkkapatrioottisia paskiaisia, joiden maailma loppui suurin piirtein heidän oman kaupunkinsa rajalle. Rauha tajusi, että hänelle ei sinne paluuta enää olisi. Turha kuvitella viettävänsä eläkepäivät siellä, niiden ihmisten keskellä.

Kotiin lähtiessä sattui vielä tapaus, joka jätti ikävän maun koko vierailulle, mutta antoi muita tunteita, ainakin vihaa, surun tilalle. Yleensähän ihmiset kulkivat omilla autoillaan, mutta tällä kerralla sattui Helsingin bussille olemaan jonoa. Rauha joutui hiirenhäntäisen äijänkuvatuksen hyökkäyksen kohteeksi, koska oli tullut sen jälkeen, kun oli laittanut matkalaukkunsa bussin tavararuumaan, väärälle paikalle jonossa. Ei hän sitä tahallaan ollut tehnyt, mutta äijä tulkitsi hänen etuilevan, joten bussin ovella kuvatus tyrkkäsi Rauhan syrjään, päästäkseen ennen tätä bussiin. Rauha ajatteli, että kaikkea sitä pitääkin kokea, kun äijä huusi ja mesoi vielä bussin sisällä hänen "etuilustaan". Sitä kai se tasa-arvo teetti, kun varsinkaan vanhenevalla naisella ei ollut mitään arvoa miehille, niin turha heiltä oli odottaa kohteliasta käytöstä. Äijät olivat aina kunkkuja, ainakin omasta mielestään.

Pari viikkoa kotikaupungissa käynnin jälkeen kissan uurna tuli postiin pahvipaketissa, jossa oli tassun kuvia. Rauha taisteli itkua vastaan, mutta nähdessään postissa telineessä postikortin, jossa oli kissanpennun kuva (samannäköisen kuin Onni) ja teksti: "Nukkuu kissa pienoinen, leikkisä ja iloinen..", kyyneleet alkoivat virrata. Hän käveli uurnapaketti sylissään istumaan kirkon luokse penkille siihen asti, että itku tyrehtyi ja pystyi jatkamaan matkaa kotiin. Siellä hän otti uurnan paketista, jossa oli runsaasti vaahtomuovirouhetta täytteenä, ja laittoi sen ensi alkuun pöydälle kissan kuvan ja kukkamaljakon viereen. Myöhemmin hän nosti uurnan kirjahyllyyn. Siellä kissa jatkoi yhteiseloaan hänen kanssaan, nyt mitään pyytämättä ja tarvitsematta enää hoitotoimenpiteitä.

Parvekkeen ovea ei tarvinnut enää jatkuvasti avata, koska kissaa ei enää ollut. Aurinko paistoi ja Rauha istui yksin parvekkeen puusohvalla. Hän katseli koipiaan, jotka olivat yhä paksun valkoisen karstan peitossa. Talvi keskuslämmityksineen ja sukkahousuineen oli tehnyt tehtävänsä, sitä paitsi oli kintuissa menneiden vuosienkin karstat. Kissan kuoleman jälkeen Rauha oli uudelleen todennut ihonsa syvän kuivuuden ja olikin saunan jälkeen rasvannut jalkojaan, enempään hän ei pystynyt. Aamuisin oli kiire junalle, kourallinen lääkkeitä, teetä ja paahtoleipää, pikainen suihku, hampaiden harjaus ja kasvojen rasvaus, siinä olivat Rauhan aamutoimet. Vaateetkin tulivat joskus nurinpäin päälle ja ne piti käydä työpaikan vessassa kääntämässä oikein päin, että näyttäisi edes jotenkuten siistiltä. Hän hoiti aamuiset rutiininsa, vaikka hänen ilmiasunsa ei esimiehelle ja työtovereille riittänytkään. Kissanhiekan siistiminen ei enää sisältynyt aamutoimiin, joten periaatteessa hän olisi voinut sen ajan käyttää jalkojen rasvaamiseen. Mutta kun ei jaksanut.

Rauha haki kissalleen kuuluneen harjan, joka oli jäänyt hävittämättä ja aloitti kuivaharjauksen. Valkoinen, kuollut ihosolukko vain pöllysi. Hän harjasi ja harjasi ja voiteli sääret rasvaisella voiteella kuivaharjauksen jälkeen. Hän jatkoi hilsetyksen irrotusta vielä useana päivänä, jolloin oli mahdollista istua parvekkeella, ja hänestä tuntui, niin kuin kissa olisi maannut hänen vieressään katselemassa hänen touhuaan. Hänen kuiva ihonsa oli sellainen, että mitä vanhemmaksi hän oli tullut, sitä ruskeammaksi se tuli kesäisin. Enää ei ollut tarvetta aloittaa auringon ottoa jo helmikuussa parvekkeella, niin kuin nuorempana. Rauha tiesi kuitenkin, että säärien rusketus olisi valkopilkkuinen, sillä kuiva iho kuivui auringossa lisää ja jo ruskettuneet kohdat irtosivat jättäen jälkeensä valkoisia täpliä. Pikku juttu sinänsä, kuka hänen koipiaan katselisi? Oli niissä sitä paitsi suonikohjujakin, ei ollut ilo kulkea sortseissa tai hameessa, mutta kun ei etiketti enää vaatinut kesällä sukkien (sukkahousujen) käyttöä töissäkään, olihan elämä paljon miellyttävämpää ilman niitä, näytti miltä näytti!

Auringosta nauttiessaan Rauha muisti kummallisen unen, jonka oli edellisyönä lyhyen nukahtamisensa aikana nähnyt. Unessa hän oli bussikiertomatkalla Euroopassa. Uni oli värillinen. Hän oli salakuljettaja, jonka jäljillä tullimiehet olivat. Ei hän suolistossaan mitään muovipallukoita kuljettanut, vaan hänellä oli kovakulmainen vanha matkalaukku, joka oli täynnä huumepötkylöitä. Herättyään Rauha muisti tarkasti, minkälaisiksi pötkylöiksi huumeet oli pakattu, vaikkei koskaan oikeasti ollut niitä nähnyt, ei edes televisiossa. Huume oli hashista tai mitälie marihuanaa, joka tapauksessa hamppukasvista peräisin. Ennen heräämistään hän oli lukkiutunut hotellihuoneeseensa linnahotellissa, jossa poliisit ja tullit jo rynkyttivät hänen oveaan. Hän istui nurkassa avoimen laukkunsa kanssa ja mietti, miltähän tuntuisi kokeilla huumetta, minkälainen olo siitä tulisi? Hän heräsi saamatta sitä tietää, mutta uni oli niin outo, että se vaivasi häntä päivälläkin.

Parvekkeella oloa häiritsi ja usein teki jopa mahdottomaksi yläkerran asukas, joka, kuten sanottua, oli varsinainen korsteeni, oikein tupakanpolton mestari! Edellä mainitun lisäksi äijä oli mestarirakentaja, joka työskenteli öisin. Rauha oli valvonut lukuisia öitä vasaroinnin ääniä kuunnellessaan ja tupakankatkusta yskien. Yksineläjähän naapurikin oli, ja olisi varmaan mielellään kaveerannut Rauhan kanssa, mutta tätä inhottivat naapurin touhut niin paljon, että miehen nähdessään hänen olisi tehnyt mieli sylkäistä! Hän ei tervehtinyt, jos he joskus sattuivat rappukäytävään tai ulko-ovelle samaan aikaan. Yläkerran äijänkuvatus stressasi Rauhaa, työstressin lisäksi, melko paljon. Hän nautti aina niinä kertoina, kun äijä oli edes muutaman päivän pois käryttämästä ja vasaroimasta. Niin ei kuitenkaan tapahtunut usein.

Asui yläkerrassa toinenkin mies. Tämä ei tupakoinut mutta hänellä oli koira, joka haukkui öisin parvekkeella, kun omistaja oli kapakkakierroksella. Mies näytti hoitavan koiraansa huonosti, mutta oli muuten iloinen ja reipas – eikä todellakaan tupakoinut. Tämän naapurin kanssa Rauha suostui juttelemaan muutaman sanan, koiran rapsutuksen ohella, ja jostain syystä mies olikin usein portaikossa samaan aikaan Rauhan kanssa. Mutta nainen ei halunnut minkäänlaista romanssia, tai yleensäkään lähempää kanssakäymistä, saman talon asukkaiden, tai muidenkaan kanssa.

Rauha päätti eräänä vapaapäivänään lähteä käymään Seurasaaressa, jossa aikoinaan oli tullut oltua useinkin lapsen kanssa. Nyt viimeisestä käynnistä oli jo vuosia. Siellä ei ainakaan olisi kissasta muistuttavia paikkoja, niin kuin kotinurkissa. Seurasaaren sillan jälkeen hän kääntyi oikealle menevälle polulle, suuntaan, jossa ei ollut ennen käynyt. Aukiolle tultuaan hän istahti, luullen olevansa yksin, mutta katseensa nostaessaan näki, että häntä lähestyi kaksi miestä. Rauha ehti säikähtää, koska liikkeellä ei ollut muita ihmisiä. Vanhempi mies tuli juttelemaan Rauhan kanssa, ennekuin nuorempi, joka oli jotenkin uhkaava, ehti aukiolle. Uhkaavan näköisellä oli reppu ja kävelysauvat.

Rauha nousi lähteäkseen kävelemään takaisin, suuntaan, josta oli tullut, jolloin vanhempi mies sanoi haluavansa kävellä hänen kanssaan. Uhkaava tyyppi jäi aukiolle. Heillä oli loppujen lopuksi ihan mukavaa miehen kanssa, he kävelivät verkkaisesti ja mies sanoi vaimonsa olevan käymässä läheisessä sairaalassa, jonka takia hän itse oli tullut Seurasaareen kävelemään. Mies kertoi, että oli nuorena aloittanut yliopisto-opinnot, mutta perheen lapsikatras oli lisääntynyt siihen tahtiin, että opinnot olivat jääneet ja mies oli tehnyt elämäntyönsä rakentajana. Lapsia taisi olla kymmenen, nyt he kaikki olivat jo aikuisia, elämässään menestyneitä maistereita ja tohtoreita. Kävelylenkin päätteeksi Rauha ja vanhempi mies erkanivat taidemuseon kohdalla ja kiittivät toisiaan mukavasta seurasta.

Rauha tajusi, että mies oli enkeli, yksi heistä, jotka olivat pelastaneet hänet useasta uhkaavasta tilanteesta elämän aikana. Nuorempi mies oli seurannut Rauhaa aukiolle ja vanha mies ilmestynyt kuin tyhjästä! Ei voinut tietää, mitä olisi tapahtunut, jos vanhempi mies ei olisi ilmestynyt paikalle. Miksi piti naisen elämän aina olla niin turvatonta? Ja miksi juuri hänet, Rauha, pelastettiin, eihän hän ollut elänyt sellaista nuhteetonta elämää, jota uskovaisilta vaaditaan. Hän oli rikkonut useimpia kymmenestä käskystä, tappanut tosin ei ollut ketään, ainakaan vielä. Hän oli kuullut sanonnan:"Jos puhut Jumalalle, olet uskovainen. Jos Jumala puhuu sinulle, olet hullu!" Jonkinlaista vuoropuhelua oli tapahtunut koko Rauhan elämän ajan, mutta ei siitä voinut muille ihmisille puhua.

Oliko liian rienaavaa ajatella, että hänen kissansa oli tullut hänen turvakseen miehen muodossa? Elämässä tapahtui oikeasti asioita, joita ei voinut järjellä selittää. Olihan Rauha joutunut pahojen voimienkin käsittelyyn, joskus hänestä oli portaissa tuntunut siltä, että häntä tyrkättiin alas, useimmiten hän oli kuitenkin ehtinyt tarrata kaiteeseen kiinni.

Joskus hän taas oli kaatunut tasaisella maalla tuntien suuren voiman tyrkkäävään hänet kumoon, aina kohdassa, jossa ei ollut mitään, mistä ottaa kiinni. Kaatuessaan hän oli ollut yksin ja tuloksena oli nilkannyrjähdys tai polvikivut. Ranteen luutkin olivat pari kertaa murtuneet. Kuka hänet oli kironnut ja eikö kirous jo voisi poistua? Liian ihanteellista oli luulla hyvän voittavan. Todellisessa elämässä pahuus oli aina hyvyyttä vahvempi.

Taidemuseon luona oli ihanaa vanhanajan rappiota huokuva kahvila, joka oli kuuluisa jättisuurista korvapuusteistaan. Rauhalla oli tapana käydä siellä kerran kesässä, nauttiakseen tsehovilaisesta tunnelmasta, vaikka ei itse Seurasaareen mennytkään. Nyt oli vasta kevät, mutta koko alue huokui samanlaista raukeaa vehreyttä, mitä Rauha oli kokenut lomaillessan Karjalan kannaksella. Kahvila näytti entistä ränsistyneemmältä ja sen emäntä, häpeä sanoa, alkoholisoituneelta, mutta sekin sopi hyvin vanhanajan venäläiseen tunnelmaan, jota Rauha rakasti. Rouvan lisäksi ei paikalla näyttänyt olevan muuta henkilökuntaa ja rouvakin istui suurimman osan ajasta tupakalla ystävättäriensä kanssa. Tee maksoi neljä euroa, se tarjoiltiin venäläisestä teelasista pidikkeineen ja sitä sai ryystää niin paljon kuin jaksoi. Pitkästä aikaa kissan kuoleman jälkeen Rauhan sielu lepäsi ja keventynein mielin hän palasi kotiinsa

Työpaikallaan Rauha oli vastannut päivälehden kyselyyn: "Millainen on tylsä työ?" Aiheesta oli kirjoitettu pitkä artikkeli, johon ensimmäiseksi oli lainattu hänen selvitystään tylsästä työstä, hänen koulutuksellaan ja iällään varustettuna. Rauha säikähti, että hänet tunnistettaisiin jutusta, mutta kukaan ei onneksi sanonut mitään. Hän itse oli se, joka lehtiä tarkimmin tutki. Lisäksi hän teki pari testiä internetissä, joista ensimmäinen koski eliniän odotetta. Testin tulos oli 81 vuotta, mistä Rauha ajatteli, että hyvä, jos ei tarvitse elää sataa vuotta! Se olisi sitten kirjaimellisesti sadan vuoden yksinäisyys. Marquesin samanniminen kirja oli ehkä paras teos, jonka hän oli lukenut. Hän piti runsaasta ja rönsyilevästä, värikkäästä tyylistä.

Toisessa testissä piti tutkia, oliko mies vai nainen. Testin mukaan Rauha oli 64 prosenttisesti nainen ja 36 prosenttisesti mies. Hän ajatteli, että alkoi ehkä lähentyä androgyyniä, olihan hänellä jo hyvä parrankasvu. Hän nypelöi jatkuvasti leukaansa, todetakseen oliko siellä mahdollisesti joku jouhi törröttämässä. Jos vähänkin herpaantui, karvoja oli jo useita. Nuorempana Rauha oli ihmetellyt, miksi vanhoilla naisilla oli usein parta tai viikset? Ei tarvinnut enää ihmetellä, turpajouhet kasvoivat nyt hänellekin. Tosin parempi ja huomattavampi parrankasvu oli eräällä henkilöstöosaston rouvalla. Rauha ajatteli, että mahtaakohan rouvan miehelläkin olla parta? Parrakas pariskunta ja kummallakohan heistä oli parempi parrankasvu?

Ministeriön raskas ulko-ovi aukesi Rauhan sitä sisältäpäin työntäessä. Taakse jäi pölyntuoksuinen aula ja ahdistava ilmapiiri. Oli perjantai, työviikko oli kulunut kuumeisena ja flunssaisena, pari päivää hän oli ollut poissakin töistä. Nyt hän oli menossa taas työterveysasemalle, koska ilman antibiootteja tauti ei paranisi. Kello oli vasta yksi iltapäivällä, mutta kun oli saanut varattua ajan lääkärille, oli Rauha päättänyt, että lähtisi apteekin kautta suoraan kotiin, töihin hän ei jaksaisi enää pariksi tunniksi palata. Aurinkoiset kevätpäivät olivat takana, katu oli kurainen ja tuuli kovasti. Olo oli surkea. Eräänä aamuna töihin lähtiessään hän oli kaatunut kotiovellaan, jolloin vasen nilkka oli vääntynyt ikävästi sekä vihoitellut siitä asti.

Linkutettuaan lyhyen matkan työterveysasemalle Rauha pääsi pian keski-ikäisen mieslääkärin vastaanotolle. Hänelle oli tullut kova hiki kävelystä, vaikka matka oli lyhyt. Työterveyslääkäri oli hänen mielestään väritön kuin olmi, eikä hän luottanut mieheen. Epäluottamus oli molemmin puolista, lääkäri pyrki hankkiutumaan hänestä joka kerta kiireemmin eroon. Lääkäri sanoi: "Äänestä kyllä kuulee, että jotakin on vialla. Paina pää korvien väliin!" Rauha katsoi miestä kysyvästi. "Siis paina pää polvien väliin, miltä tuntuu?" "Otsassa tuntuu painavalta ja kipeältä". vastasi Rauha. "Selvä, kirjoitan sinulle kymmenen päivän antibioottikuurin." Viisi minuuttia oli kulunut, kun Rauha käveli ulos resepti kädessään. Rautatieasemalla oli apteekki, josta Rauha haki lääkkeet, ne olivat kalliit, mutta ei ollut aikaa viikkotolkulla sairastella, vaan parantua piti mahdollisimman nopeasti. Sehän oli ajan henki.

Junaan päästyään hänelle tuli mieleen käydä ruokaostoksilla Pasilan saksalaisessa halpamarketissa. Rauhaa harmitti, ettei ollut älynnyt lähteä raitiovaunulla, olisihan silloin selviytynyt vähemmällä kävelemisellä. Hän sekoili tukkoisessa ja kuumeisessa olossaan kadun yli johtavalla kävelysillalla, eikä onnistunut heti löytämään oikeaa ulospääsyä kadulle. Maisemat ja liikennejärjestelyt muuttuivat niin nopeasti nykyään, Rauha muisti kaikkia vanhoja järjestelyjä ja maisemia.

Päästyään lopulta myymälään, jossa asiakkaina on suuri joukko erimaalaisia maahanmuuttajia sekä suomalaisia syrjäytyjiä, Rauha tunsi olevansa luuserina muiden elämässään epäonnistuneiden joukossa. Hän osti runsaasti hedelmiä ja vielä rusinapitkonkin alkavan viikonlopun kunniaksi. Hän yritti säännöstellä hiilihydraattien syöntiään, mutta nyt tuo vanhanajan herkku toisi lohtua sairauteen ja kissanikävään. Kaupasta poistuessaan hänellä oli painavat muovikassit molemmissa käsissä. Hinnat halpamyymälässä olivat oikeasti matalammat kuin lähikaupassa. Samalla rahamäärällä sai paljon enemmän tavaraa, pitihän sitä käyttää hyödyksi. Rauha huomasi, että junan lähtöön olisi aikaa vielä kymmenen minuuttia, hyvä juttu, ettei tarvitsisi kiirehtiä.

Hän meni liukuportaita alas asemalaiturille ja kantoi kantamuksensa yhteen laiturin penkeistä ja asettui odottamaan. Paljon muitakin ihmisiä tuli laiturille, olihan viikonloppu alkamassa ja monet lähtivät Rauhan tapaan jo aikaisemmin pois töistä. Juuri kun juna tuli kohdalle, kuului laiturilta hirmuista karjuntaa. Sekavan ja suttuisen näköinen nuorimies viuhtoi takki levällään kohti junaa. Juna oli tietenkin vanhanmallinen punainen, jossa ei matala-lattiaa ollut, vaan piti nousta portaat ylös kantamustensa kanssa. Sellainen juna tuli aina, kun Rauha oli matkalaukun, tai muuten painavien kassien kanssa liikkeellä, eikä koskaan matalalattiainen pyöreäikkunainen citypendolino. Hän reutosi muovikassinsa junan etuosan vaunuun ja asettui istumaan ovea lähinnä olevalle penkille selkä seinää vasten.

Tietenkin laiturilla metelöinyt sekavanoloinen nuorimies tuli samaan vaunuosastoon. Mies istuutui Rauhasta kauimpana olevaan nurkkaan, josta kuului sen jälkeen jatkuvaa kovaäänistä yksinpuhelua. Istuessaan Rauha muisteli, kuinka yli kolmekymmentä vuotta sitten, kun hän tuli pääkaupunkiin opiskelemaan ja jäi sille tielleen, keskustassa liikkui muutamia kaikkien tuntemia yksinpuhuvia mielenvikaisia. Aikanaan heidät suljettiin laitoksiin, tai he kuolivat pois kuljeskelemasta, ja kaduille tuli hiljaista. Kunnes koitti nykyinen aika, jolloin laitokset suljettiin ja mielenterveyspotilaat laitettiin oman onnensa nojaan taas kaduille, muka avohoitoon.

Toisaalta, kännyköiden aika oli alkanut, eikä kukaan enää kiinnittänyt huomiota kadulla tai kulkuvälineessä yksinpuhuvaan. Muut matkustajat ajattelivat miehen puhuvan puhelimeensa, kun hän kovaäänisesti kävi läpi omaa elämäänsä nurkassa istuessaan. Asia ei kuitenkaan ollut niin, vaan hän puheli näkymättömien äänien kanssa, joille hän puolusteli tekojaan. Miehellä oli jonkinasteinen ässävika. Rauha ajatteli, että kyseinen kanssamatkustaja oli joko humalassa, huumeiden vaikutuksen alaisena tai skitsofreenikko. Dialogin nurkassa kiihtyessä nuorimies ei tyytynyt enää istumaan, vaan siirtyi heilumaan vaunuosaston käytävälle ja puhuttelemaan toisia matkustajia. Tultuaan käytävän keskiosaan tyyppi tempaisi tukevat paukut kirkasta viinaa mukanaan olevasta vielä melko täydestä pullosta. Rauha ajatteli: "Kuinka tässä nyt näin kävi? Kuinka junamatka tähän aikaan iltapäivästä muuttui painajaiseksi?"

Istuttuaan paikalleen Rauha oli alkanut lukea lehden viikkoliitettä, niin kuin aina perjantaisin. Pian häirikkö tuli hänen kohdalleen ja kysyi: "Mitä mieltä sinä nainen olet?" Rauha ei tiennyt, mistä asiasta hänen olisi pitänyt olla jotakin mieltä. Hän ei uskaltanut edes katsoa kysyjään, pahinta mitä olisi voinut tehdä, olisi ollut katsekontakti. Rauhaa vastapäätä istuvat aasialainen tyttö ja suomalainen nuorukainen hymyilivät vaivautuneesti. Meteli jatkui ja häiriköitsijä liehui käytävällä edestakaisin.

Matkustajat olivat peloissaan, kukaan ei uskaltanut ruveta rauhoittamaan häirikköä, eikä henkilökuntaa ollut paikalla, vaunu oli sellainen, jossa ei rahastettu. Rauha ajatteli, että nyky-yhteiskunnassa taitaa vaikeampi olla nuori mies, kuin viisikymppinen nainen. Ehkä hän oli vain liioitellut omaa pahaa oloaan. Ja nuorten miesten pahoinvointi oli näkyvämpää kuin naisten. He olivat itsetuhoisia, mutta samalla halusivat kostaa muille pahan olonsa. Laajennettu itsemurha -käsite oli tullut Suomeenkin kouluampumistapausten myötä. Vaikka ei olisi niin pitkälle jouduttukaan, tosiasia oli, että hengenvaaralliset harrastukset kuuluivat nuorten miesten elämään. Heidän vastakohtanaan olivat feminiiniset mummot ja kukkahattutädit, joille sopi naureskella. Mutta ehkä he kuitenkin käyttivät valtaa omalla hiljaisella tavallaan?

Juna pysähtyi väliasemalla ja riehuja meni mellastamaan toiseen vaunuosastoon, jonne Rauha matkustajatovereineen toivoi hänen jäävänkin. Oli ainakin hetken hiljaisempaa. Rauha katsoi ikkunasta ulos ja hätkähti: ihan kuin hän itse olisi kävellyt asemalaiturilla! Siellä tallusteli keski-ikäinen nainen muovikassit käsissään päällään samantapainen takki kuin Rauhalla. Hiukset ja kasvonpiirteet olivat kuin samalla muotilla tehdyt. Ryhti oli kumara ja koivet ohuet. Mummomaha pullotti takin alla. Tuli epätodellinen olo:" Kävelenkö minä tuolla vai istunko junassa?" Kokemus ei ollut ainutkertainen. Näitä kaksoissisaria oli alkanut ilmaantua yhä useammin ja kerran junassa oli istunut kasvonpiirteiltään hänen näköisensä mieskin, vastapäätä häntä. Silloin oli tullut vaivautunut olo. Mies ja Rauha olivat vain vilkuilleen kulmiensa alta toisiaan siihen asti, kunnes mies oli lähtenyt aikaisemmin pois junasta.

Nyt oltiin jo lähellä asemaa, jossa Rauha jäisi pois. Mutta ei, ennen kuin ehdittiin asemalle, riehuja tuli takaisin Rauhan vaunuosastoon, käyttäytyen todella uhkaavasti. Rauhan oli siitä huolimatta noustava ja ruvettava tekemään lähtöä, vaikka se olikin painavien kauppakassien takia hankalaa. Kun hän oli päässyt ovelle mennäkseen välikön tasanteelle ja junasta pois sen pysähtyessä, riehuja karjaisi hänen takanaan: "Minne sinä huora luulet lähteväsi?" Rauha ei uskaltanut kääntää päätän, eikä sanoa mitään. Äkkiä hän tunsi ikään kuin sähköiskun selässään. Hän horjahti päin ovea ja kaatui välikköön, kauppatavarat levisivät ympärille. Sinne lensivät rusinapitko ja hedelmät. Tuli kylmä ja jotenkin epätodellinen olo.

Kaatuessaan Rauha ehti ajatella: "Onneksi kissasta ei tarvitse enää huolehtia."

Junan pysähdyttyä suttuisen näköinen ja sekava nuorimies pyyhälsi ovesta ulos veitsi kädessään uhkauksia karjuen. Veritippoja valui veitsestä asemalaiturille. Muut matkustajat jäivät istumaan ilmeettöminä paikalleen. Vielä ei oltu heidän asemallaan. Konduktööri löytyi paikalle ja hälytti poliisin sekä ambulanssin.

2. osa

Kaikilla tuntuu olevan selvä käsitys siitä, miten muiden olisi elettävä, vaikka eivät tiedä itsekään, kuinka eläisivät oman elämänsä (*Paulo Coelho*)

Jokunen vuosi oli kulunut siitä, kun Rauhaa puukotettiin junassa. Ei hän mikään varsinainen puukotuksen kohde ollut, hän vain sattui olemaan kohdalla. Väärässä paikassa. Jos hän olisi lähtenyt töistä normaaliin aikaan, hänelle ei ehkä olisi sattunut mitään. Sairaala oli ollut lähellä ja konduktöörin soittama ambulanssi tullut (valitettavasti) liian nopeasti, joten henki oli säästynyt, vaikka Rauha oli silloin kaatuessaan jo ollut valmis luopumaan kaikesta, elämästäänkin. Poika oli aikuinen, kissa kuollut, eikä työelämä hänen panostaan kaivannut. Hän oli herännyt sairaalassa leikkauksen jälkeen punanaamaisena, hän oli kai allerginen nukutusaineille, hoturin läiskiessä häntä poskille. Nukutuksesta herääminen tapahtui kerta kerran jälkeen hitaammin. Eikä hän olisi halunnut herätä ja aloittaa taas kaikkea sitä skeidaa uudestaan tai pikemminkin jatkaa entistä. Hän ajatteli: "Ei voi olla totta, olen taas täällä! Olen yhä täällä!" Ennen herättämistään hän oli nähnyt värikkäitä unia ties mistä paratiisin esikartanoista. Unessa hän oli ollut jossakin lämpimässä maassa, jossa oli paljon ihmisiä, jotka kaikki olivat olleet iloisia. Taivas ja meri olivat olleet sinisiä ja luonto vihreää. Aurinko oli paistanut. Unesta maanpäälliseen helvettiin, joka oli hänen elämänsä, palaaminen oli joka kerta karmea kokemus.

Huonekumppanit sairaalassa olivat ties mitä hörhöjä ja Rauha oli onnellinen, kun sairaala muutaman vuorokauden jälkeen passitti hänet kotiin. Eikä sairauslomakaan ollut kuin parin viikon pituinen. Liikkeelle vaan, mahdollisimman pian. Ei tänne makaamaan ole tultu, haudassa on aikaa maata! Rauha oli sellainen ylijäämänainen, ettei edes tuoni häntä korjannut, vaikka hän oli ollut täysin valmis antautumaan kuolemalle. Elämälle hän ei ollut uskaltanututkaan antautua, koska aina piti varoa jotakin. Ja tässä oli tulos. Eikä elämä ollut valmis helpottamaan piiruakaan, ei sekään häntä olisi halunnut takaisin, vaan teki kaikkensa kiusatakseen hänet hengiltä. Mutta, niinkuin sanottiin: "Mikäs pahan tappaisi?"

Oliko hän todellakin niin paha, että oli joutunut heittopussiksi elämän ja kuoleman välille? Heittopussi hän oli työelämässäkin, jonne hänen oli takaisin palattava. Viraston ovi oli taas avattava vaikka leikkaushaava oli ollut niin kipeä, että käveleminen oli entistä kauheampaa. Kivut vatsassa ja selässä vetivät hänet kaksinkerroin. Keppiin oli turvauduttava, että eteenpäin pääsi. Rauha ei todellakaan näyttänyt terveyden perikuvalta, empaattinen ihminen olisi nähnyt, että hän olisi tarvinnut huomattavasti pidemmän toipumisajan. Empatiaa ei hänen lapsellisuuten taipuvaiselta pomoltaan herunut, sen enempää kuin lähemmiltä työtovereiltakaan. Pöydällä odottivat kahden viikon aikana tulleet työt ja paperit, että tervetuloa vain takaisin arkiseen eloon! Ei edes korttia, jossa olisi toivottu hänen pikaista paranemistaan ollut työtovereilta herunut. Itsesääli puski päälle. Taas oli varmaankin ajateltu, että Rauha itse oli syypää siihen, että joutui puukotetuksi, mitäs lähti kesken työpäivän pois. Kännissä varmaan oli toikkaroinut..

Kävelykeppiin turvautuminen ja kaksinkerroin kulkeminen ei suinkaan lisännyt Rauhan viehätysvoimaa. Pomo siirsi hänet heti vapaana olevaan yläkerran huoneeseen, pois yleisen kulkuväylän vierestä. Siellä oli sinänsä ihan lokoisat olot, paitsi mitä Eila kävi säännöllisesti räyhäämässä. Rauhalla oli vaikeuksia oppia uutta laskujen käsittelysysteemiä, joka oli otettu käyttöön hänen poissaollessaan. Samaan aikaan taloon tunki uusia korkeita virkamiehiä ja neuvonantajia, joille tarvittiin edustavia huoneita, esikunnat senkuin kasvoivat. Pian Rauha muutettiin tilavasta väliaikaisesta huoneestaan sivukäytävän kapeaan ja halvemmilla huonekaluilla sisustettuun kämppään. Siinä oli se hyvä puoli, että Lilja Kivenkolon huone sijaitsi lähellä, joten Rauha sai apua tietotekniikkaongelmiinsa tarvittaessa. Kesä oli alussa ja kesäkuu raskas työkuukausi ennen alkavia kesälomia, koska kaikki halusivat saada keskeneräiset työnsä valmiiksi ennen lomia. Rauha oli sairausloma-aikanaan hakenut osatyökyvyttömyyseläkettä. Hän oli työhön tultuaan käynyt työterveysasemalla näyttämässä leikkausarpeaan ja valitellut vatsakipujaan. Siinä vaiheessa oli kaikki sisäelimet tutkittu ja maksasta löydetty kysta, joka todettiin myöhemmin harmittomaksi. Uupumus ja masennus vaivasivat edelleen, eikä ilman mielenterveydellisiä ongelmia eläkkeelle ollut toivoa päästäkään. Eläkepäätös tuli ihme kyllä nopeasti. Rauhan näytettyä sitä Pomolle tämä oli ilmoittanut: "Sitten sinä et voi tänne jäädä, täällä pitää olla täysiaikaisesti työssä!". Pomohan oli jo ennen puukostusta ehdottanut Elma Kutojalle, että Rauha siirrettäisiin vähemmän näkyviin tehtäviin ulkonäköongelmiensa takia. Nyt hän aloitti todellisen painostuksen Elman suuntaan Rauhan siirtämiseksi, minkä seurauksena hän marssitti Elman eräänä iltapäivänä Rauhan luokse tämän sivukäytävällä sijaitsevaan huoneeseen. Esimiehet ilmoittivat, että Rauhan piti jo ennen kesälomaa siirtyä (Elman entistä tarkemman silmälläpidon alaiseksi) toisessa kaupunginosassa sijaitsevaan toimipisteeseen. Sieltä oli löytynyt sopivan syrjäinen työtila hänelle. Rauhan lähin esimies olisi tästä lähin se papukaijamainen Kehittämisihme, joka oli aikoinaan ollut niin "onnellinen" tutustuessaan Rauhaan. Hah hah!

Rauhan piti samantien lähteä tutustumaan uuteen työympäristöönsä ja työtovereihinsa, tavaransa hän ehtisi muuttaa seuraavana päivänä. Kesäharjoittelija hoitaisi hänen nykyisen työnsä ainakin kesän ajan, syksyllä hommattaisiin uusi ja entistä ehompi sihteeri. Rauha ei kyennyt kävelemään normaalisti melko lyhyenä pitämäänsä matkaa toiseen toimipisteeseen, vaan hänen piti matkustaa kahdella raitiovaunulla. Eikä sekään ollut ongelmatonta, koska kyseisillä reiteillä ei yleensä ollut käytössä matalalattiaraitiovaunuja, joten nousu ja laskeutuminen olivat vaivalloisia. Onneksi hän sai istumapaikan, koska ei ollut ruuhka-aika.

Sen Rauha oli kepin kanssa kulkiessaan huomannut, että kukaan nuori tai nuorehko, varsinkaan miespuolinen, ei hänelle paikkaansa pyytämättä luovuttanut. Istumapaikan antajat olivat aina hänen itsensä ikäisiä naisia. Perillä hänelle oli esitelty suureellisin elein hänen uusi huoneensa: "kanankoppi" katon rajassa, jonka ikkuna oli kerrostalosaunan tuuletusikkunan kokoluokkaa. Koppero sijaitsi tunkkaisella peräsuolimaisella käytävällä, jonne ei taatusti kukaan eksyisi kyselemään yhtään mitään. Viereinen "huone" oli siivouskomero, jossa oli haiseva viemäri. Että näin. Olihan Rauha nähnyt samassa kopissa vuosien mittaan muitakin vastaanhangoittelevia ja vaikeasti sijoitettavia ihmisiä. Nyt oli tullut hänen vuoronsa. Rauhan vähät tavarat oli muutettu kanankoppiin ja hän oli aloittanut kolmipäiväisen työviikkonsa kahden naisen, joita hän vielä vähemmän olisi kaivannut esimiehikseen, kuin entistä vastuuntunnotonta pomoansa, Elman ja Kehittämisihmeen alaisena. Lyhyen ajan kuluttua käytävältä vapautui suurempi huone, kauempana haisevasta siivouskomerosta, mutta Rauhan ei annettu siihen muuttaa. Hän oli rangaistuksensa ansainnut.

Ensimmäinen vuosi haisevassa kopisssa oli mennyt vielä kutakuinkin mukavasti, yksikön vakituinen, vuosikymmenien kokemuksen hankkinut, avustaja oli sen vuoden vuorotteluvapaalla. Kyllikki Hippo oli nimensä veroinen, kookas ja itsetietoinen nainen, itseoppinut kaikkien alojen asiantuntija. Rauha oli hieman pelännyt hänen paluutaan, koska tunsi oman asemansa epämääriseksi, eikä missään tapauksessa halunnut astua Kyllikin varpaille. Alkuaikoina Kehittämisihme oli joka aamu tullut Rauhan koppiin, muka ystävällisen rupattelun merkeissä, mutta tosiasiassa tenttaamaan asioita Rauhan työhistoriasta, syntyperästä ja muista intiimeistä asioista. Päästään pyörällä ollut Rauha oli puhunut mitä sylki suuhun toi ja ohi suunsa, koska oli niin ihmeissään siitä, että joku oli hänen asioistaan kiinnostunut ja suostui kuuntelmaan häntä. Lisätietoja Kehittämisihme oli hankkinut Rauhan entisiltä työnantajilta ja vaikka mistä, kirkonkirjoja myöten.

Kehittämisihme oli kontrollifriikki, autoritäärinen esimies, joka luotti vain itseensä ja omiin tekemisiinsä. Hän piti itseään erinomaisena johtajana. Nimenomaan johtajana, päällikkötaso ei hänelle riittänyt, kuin väliaikaisesti. Kuitenkin hänen oppinsa ja kehittämismetodinsa olivat jostakin menneiltä vuosikymmeniltä kopioituja, Rauhan mielestä. Minkäälaista mullistavaa kehitystoimintaa hän ei virastossa havainnut. Työkseen Rauha kirjoitteli kaikenmaailman listoja puhtaaksi ja toimitteli mitä ihmeellisempiä Kehittämisihmeen antamia tehtäviä. Hän kirjoitti myös vielä jonkin verran Itranettiin entisen pomonsa toivomuksesta ja hoiti henkilöstöön liittyvien sivujen ylläpitoa. Kehittämisihme ei kuitenkaan hänen kirjoituksiaan hyväksynyt, koska katsoi ne toisen yksikön töiksi ja sitäpaitsi piti itseään talon parhaana kirjoittajana. Parempana kuin varsinaisia tiedonjulkistajia. Hän teki selväksi tiedonjulkistamisyksikön pomolle, että Hän itse kirjoittaisi ja tiedottaisi asioista, joita Rauha oli hoitanut. Niin Rauhalta otettiin pois se ainoa työ, josta hän oli pitänyt ja jossa oli kokenut olevansa hyvä.

Rauhan silmien näkökyky huononi parissa vuodessa niin paljon, että häntä neuvottiin hankkimaan työkäyttöön päätelasit, jotka työnantaja kustantaisi. Lasien saamisesta päätti tietenkin Elma. Ensin terveydenhoitaja työterveyshuollosta kävi tarkistamassa hakijan työpisteen ja näkökyvyn mittaus tehtiin työterveysasemalla. Rauhalla oli ollut optikolta hankitut lukulasit, joilla hän oli pärjännyt vaihtelevalla menestyksellä siihen asti. Elma asetti ehdoksi päätelasien saamiseen sen, että Rauhan piti hankkia ensin uudet lasit omalla kustannuksellaan, jos ne eivät riittäisi, sitten hän saisi työkäyttöön tarkoitetut päätelasit. Rauhan tulothan olivat luonnollisesti alentuneet hänen jäädessään pois kokopäivätyöstä, joten silmälasien osto ei ollut hänen suunnitelmissaan. Hän osti kuitenkin halvimmat kaksiteholasit, mitä löysi, täyttääkseen ehdon ja sai sitten luvan hankkia päätelasit. Elman sihteeri oli määrätty kyttäämään, ettei Rauha vain käyttäisi päätelaseja muuta, kuin päätteensä ääressä. Joka kerta hänen mennesään kahvihuoneeseen päätelasit unohtuneena silmilleen, hän sai niin pahoja mulkaisuja sihteerin tai itse Elman taholta, että kääntyi heti takasin ja vaihtoi silmälasit itsekustannettuihin, ennenkuin uskalsi liittyä muiden joukkoon.

Kahvi ei talossa ollut ilmaista, vaan se maksettiin yhteisestä potista, jonka jokainen osasto ja yksikkö hoiti omalla tavallaan. Toisissa oli määrätty henkilö, joka keräsi kahvirahat kahvinjuojilta, joissakin jokainen toi vuorollaan kahvipaketin kaappiin. Elman alaisilla oli kahvihuoneen kaapissa metallipurkki, jonne jokainen laittoi määrätyn summan rahaa kuukaudessa. Elman sihteerin ollessa lomalla Rauha lupautui hakemaan lisää kahvia tarjouksesta lähikaupasta ruokatunnillaan. Hän otti kympin metallipurkista, jolloin sinne jäi vielä joitakin seteleitä ja kolikkoja. Kun hän tuli takaisin, purkki oli tyhjä. Rauha kirosi mielessään, että oli koko hommaan ryhtynyt höveliyttään ja tajusi, että häntä tietysti syytettäisiin vielä varkaaksi! Hän meni heti Elman luokse tyhjä purkki kädessään ja selvitti kiihtyneenä, mitä oli tapahtuntut. Ihme kyllä häntä ei syytetty, mutta hänelle jäi kuitenkin syyllinen olo.

Asia oli niin, että taloon oli jouduttu ottamaan takaisin alkoholismista syytetty naisvirkamies, jonka irtisanomista ei oltu toteutettu lain mukaan. Palaaja joutui tietenkin Elman valvovan silmän alle, mutta istui ylhäisessä yksinäisyydessään suurehkossa huoneessa toisella käytävällä, kuin Rauha. Tämän Vaaleaksi Puumaksi kutsutun henkilön elämän oli raunioittanut eräs entinen kansliapäällikkö, joka oli ottanut naimisissa olevan naisen rakastajattarekseen. Kansliapäällikön löydettyä uuden lemmikin talon sisältä, nainen oli ruvennut ryyppäämään ja joutunut hänkin heittopussiksi. Kyllähän Rauhakin oli huomannut, että rouva haisi viinalle työaikana ja valitteli rahan puutetta. Hänen mieleensä tuli muistikuva siitä, että nainen olisi istunut kahvilla pöydän ääressä, siinä vaiheessa kun hän oli ottanut kympin metallirasiasta ja että nainen oli katsonut toimenpidettä kiinnostuneena. Vaalea Puuma oli palannut kahden maissa iltapäivällä takaisin ruokatunniltaan alkoholilta tuoksahtelevana työpisteeseensä, jossa hänellä ei ollut oikeastaan mitään tehtävää. Elma oli painellut heti hänen luokseen. Jonkin ajan kuluttua Vaalea Puuma painui ovet paukkuen hissille, eikä häntä sen koommin nähty. Elma oli turhaan huudellut naisen perään.

Rauha ei enää nauttinut työpaikalle tulosta aamuisin, niinkuin edellisessä rakennuksessa. Nyt vastassa ei ollut miellyttävä pölyn ja paperin tuoksu, vaan viemäri haisi heti ala-aulassa. Kuten myös hänen koppimaisessa työhuoneessaan. Jos hän oli aikaisemmin kärsinyt työpaikan ilmanlaadusta, enää hän ei juuri tervettä päivää nähnyt. Silmät vuotivat jatkuvasti ja nenä oli tukossa. Päätä särki. Hän yritti lääkitä itseään särky- ja flunssalääkkeillä, mutta eiväthän ne allergiaan tehonneet. Poskiontelot olivat turvonneet ja puhe honotusta, jota Elma matki. Työmatkalla asemalta töihin hän kompasteli ja polvet kipeytyivät entisestään. Hän alkoi kulkea raitiovaunulla tuon lyhyehkön matkan kaatumisten välttämiseksi. Jatkuva kipu ei ketään jalostanut, ei Rauhaa ainakaan, vaan hänestä tuli entistä kärttyisempi ja hajamielisempi. Elma tarjosi hänelle lisää töitä, mutta Rauha sanoi, ettei hän kolmena päivänä viikossa ehtisi tehdä viiden päivän töitä, varsinkin kun palkka oli tuhannen euron luokkaa. Hyvä, jos hän edes välttävästi selviytyi Kehittämisihmeen keksimistä hommista.

Rauhan mielestä Eila Surva ei kuulunut Elma Kutojan suosikkeihin, mutta vieraili silti usein Elman luona. Seuraavana Itsenäisyyspäivänä Eilalle olikin sitten myönnetty, hänen asemaansa verrattuna, korkea kunniamerkki. Lilja Kivenkolokin sai kunniamerkin, mutta tuskin omasta pyynnöstään. Rauha jutteli Liljan kanssa aina silloin, kun tämä vieraili henkilöstöpuolella työhönsä liittyvissä asioissa. Hänen henkilökohtaiset ongelmansa jatkuivat, Rauha oli käynyt sairaalassa katsomassa Liljaa nivelleikkauksen jälkeen. Touretten syndroomaa potevalla vanhemmalla pojalla oli jatkuvasti ongelmia koulussa ja kotona. Lisäksi nuorukainen oli joutunut ei-suotavaan toveripiiriin, joka oli muodostunut koulukiusatuista, jotka halusivat todistaa olevansa koviksia. Liljan kanssa keskustellessaan Rauha sai tietää, että häntä oli oikeasti työpaikkakiusattu tiedonjulkistamisyksikössä, eikä hän ollut kuvitellut kaikkea kauheutta omassa päässään. Lilja oli tietoinen muiden touhuista, vaikkei itse mukana ollutkaan, sillä hänellä oli tarpeeksi tekemistä omassa elämässään. Rauha ajatteli, että oli helpotus päästä pois tiedonjulkistamisyksikön pelinappulan osasta, pelatkoot keskenään! Vaikka ei elo ja olo ollut helppoa nytkään. Yksiköstä pois muuttaessaan Rauha oli tarjonnut kahvit ja kakut, mutta myös sanonut, että ei ollut koskaan nauttinut siellä pelatuista peleistä. Hän oli liian laiska ja yksinkertainen sellaiseen. Asenteellaan muut olivat osoittaneet, että oli hyvä, kun rähjääntyneestä ämmästä päästiin, he kyllä löytäisivät uuden heikoimman lenkin.

Rauha ei paljoa ollut kiinnittänyt huomiota siihen, mitä työpaikalla tapahtui hänen puukotuksensa jälkeen. Kehittämisihme puhui jotakin organisaation muutoksesta, mutta Rauha toivoi olevansa sen toteutuessa jo päässyt kokonaan eläkkeelle. Porukkaa oli ministeriöön tullut lisää naapuriministeriöstä, yksi korkea virkamies oli raahannut kiikkustuolinsakin mukanaan. Rauha oli nähnyt kapineen ala-aulassa. Eduskuntavaalit olivat olleet ja ministerit vaihtuneet. Nyt heillä oli miesministeri hoitamassa tiedonjulkistamispuolta ja Rauhan ikäinen nainen kulttuuriministerinä. Mies oli lyhyt pätkä, jolla oli hirveästi energiaa politiikassa ja kotonakin, ainakin lapsikatraasta päätellen. Silmät olivat tuikeat. (Ehkä hän oli susi-ihminen?) Virkamiehet sanoivat, että ministeri halusi olla mukana kaikessa, asiat piti saada valmiiksi nopeasti ja henkilöstön piti olla käytettävissä vuorokauden ympäri. Ministeri soitteli ihmisten koteihinkin keskellä yötä. Monet uupuivat hänen vauhdissaan, ennen niin viriili kansliapäällikkö Julle Julkiokin vaikutti väsähtäneeltä. Mutta aikansa kutakin. Rauha kulki kodin ja työpaikan väliä automaattisesti kolmena päivänä viikossa. Hänellä oli nyt neljä päivää vapaata, mutta ei hän virkistynyt, vaikka kuinka yritti ottaa kotona iisisti ja ulkoilla riittävästi. Ihme kyllä, joskus hän kuitenkin tunsi itsensä onnelliseksi seuratessaan vuodenaikojen vaihtelua ja eläinten touhuilua ulkona. Kissaseuraakin Rauhalla oli, vaikka oman kissan menehtymisestä olikin jo aikaa. Toinen hänen hoitokissoistaankin oli mennyt niin huonoon kuntoon, että sen omistaja oli laskenut sen ansaitsemaansa ikilepoon. Rauha oli käynyt paijaamassa ja hyvästelemässä vanhuksen eräänä kauniina kevätaamuna.

Suurikokoisempi ja hieman nuorempi uroskissa jäi yksin, mutta se taisi vain olla iloinen, koska sai kaikki huomionosoitukset yksinään. Ennen se olikin ollut mustasukkainen elämänkumppanilleen ja vedellyt tätä tassulla korville ja purrut niskasta. Ehkä toinen meni huonoon kuntoon moisen seuralaisen takia. Nehän olivat paljon kahdestaan, eikä Rauha tiennyt mitä kaikkea asunnossa tapahtui, silloin kun hän ei ollut siellä käymässä. Hän oli väsynyt ravaamaan kahden asunnon väliä, joten hän sanoi ottavansa hoidokin nyt omaan kotiinsa, että ehtisi olla sen kanssa enemmän kuin ennen. Vaikka Rauha oli heittänyt pois oman kissansa jäämistöt, oli asunnossa kuitenkin kissamaiset hajut tallella, ne eivät hevin hävinnet. Hoitokissa sopeutui hyvin uuteen ajoittaiseen majapaikkaansa. Rauhakin oli tyytyväinen, kun oli taas kissakaveri, jolle sai jutella ja jonka ruokkiminen hoitui hänen omassa asunnossaan. Parvekkeella he oleilivat yhdessä, niinkuin Rauhan oman kissankin kanssa.

Eräänä syksynä töissä, huhupuheiden jälkeenkin yllätyksenä, julkaistiin organisaatiomuutos ja muutenkin suureelliset muutokset. Muutosten yhteydessä oli mahdollista hakea muille osastoille ja muihin tehtäviin. Rauhakin oli hakenut, koska olisi halunnut vielä oppia jotakin uutta, koska työssäolovuosia oli vielä jäljellä. Kehittämisihme oli sanonut kolkosti: "Hah, voithan sinä hakea. Niitä paikkoja hakevat monet muutkin!" Eipä Rauhaa ollut onnestanut, vaan piti jatkaa entisissä epämäärisissä hommissa tehokaksikon, Kyllikki ja Kehittämisihme, jaloissa. Kyllikki oli palannut töihin vuoden pituiselta vapaaltaan Stokkan herkusta ostetun mansikkakakun kanssa. Ensin hän oli pitänyt matalaa profiilia ja kyräillyt yhtä hyvin Kehittämisihmettä kuin Rauhaakin. Hän halusi pitää Rauhan kanssa kahden kesken palavereita Kehittämisihmeen johtamistyylistä, joka olikin Natsi-Saksasta lainattua. Kyllikki oli halunnut itselleen enemmän valtaa, niinkuin hänellä oli ollut edellisenkin pomonsa aikana. Rauha oli ilmaissut, ettei halunnut olla hänen esteenään, mutta pitäisi arvossa selkeää työnjakoa ja hoitaisi oman osuutensa.

Kyllikki oli niin viimeisen päälle Stokkalla asioivaa hienoa rouvaa neuleseteissään ja helmikaulanauhoissaan, että Rauha nauroi yksikseen, kun tajusi, minkälaisen kolmikon he muodostivat: Kehittämisihme, mielialasta johtuen, joko Frida Kahlon, Peppi Pitkätossun, Pikku Heidin tai jonkun muun hahmon ilmiasuissa, hän itse hoitamattomana ja laittamattomana, halpahallista ostettuine vaatekertoineen ja sitten tämä täydellisen ladylike ilmestys! Rauha oli ennen ajatellut, että hullut ilmentivät itseään vaatetuksellaan. Mitä kirjavampi ja oudompi vaatetus, sitä enemmän vaatteiden kantaja oli sekaisin. Tämän mukaan Kyllikki oli ainut täysjärkiseltä vaikuttava heidän porukassaan. Ja kait olikin. Rauha ihmetteli myös, perisuomalaiseen tapaan, että mitä organisaatiouudistuksessa heidän kolmen kanssa samalle osastolle tulleet ennalta tuntemattomat työntekijät, mahtoivat heistä ajatella? No, ainakin miehet hurmaantuivat Kehittämisihmeen laskelmoidusta spontaniudesta ja Hillevin iki-ihanasta tyylikkyydestä. Rauhaa ei otettu lukuun. Eräskin ihan mukava vanhempi homomies, johon Rauha tunsi jonkinlaista sielujen sympatiaa, hehkutti Kehittämisihmettä: "Onhan se niin kiva, energinen ja sympaattinen. Kyllä hän minusta peppisukkineen ja hiuskampoineen etc. on aika mukava pakkaus. Kotoinen hän on." Hah, kaiken viimeksi kotoinen, ajatteli Rauha. Kenellä oli kotonaan vastaava ilmestys? Mutta sanojahan oli homo. Näki, ettei miehillä ollut minkäänlaista ihmistuntemusta, homoillakaan. Ja toisaalta, olihan Kehittämisihme varsinainen epeli, oikea silmänkäännön mestari, sitä ei voinut kieltää. Rauha ajatteli, ettei nainen uskaltanut olla oma itsensä, vaan veti erilaisia rooleja.

Uudella osastolla ja uudessa organisaatiossa oli monenlaisia ongelmia, ennenkuin ihmiset ja asiat asettuivat paikoilleen. Muuttoliike oli jatkuvaa ja jossain vaiheessa Rauhan entisen työhuoneen viereinen huone vielä syttyi tuleen kesken työpäivän. Rauha ajatteli kanankopissaan, että onneksi hän ei ollut enää siinä rakennuksessa. Kai hän olisi tunnustanut pelkästä yleisestä syyllisyydentunnostaan sytyttäneensä palon, jota nyt pidettiin sähkölaitteista johtuneena. Suuret remontithan siitä tuli, jonka aikana muutamat työhuoneet olivat pois käytöstä. Tiedonjulkistajat muuttivat toiseen päähän rakennusta. Rauha pääsi kanankopista pois siinä vaiheessa, kun koko hänen yksikkönsä muutti alempaan kerrokseen. Hän sai erään käytävän perältä pihanpuoleisen huoneen ja huokasi helpotuksesta: se oli kuitenkin oikea huone, eikä viemäri haissut! Kylmä ja vetoinen uusi työhuone tietenkin oli. Vaikka organisaatiossa tapahtui monenlaista muutosta, päivän rutiinit piti hoitaa sekamelskan keskellä. Uutta oli myös se, että valtionhallinnossa ei tunnuttu enää uskovan omaan muutoksenhallintaan, vaan käytävillä ramppasi sen kymmenen eri konsulttia (useat

Kehittämisihmeen tuttavia menneltä ajoilta), jotka eivät olleet halpoja kavereita.

Tietojärjestelmiä rustattiin koko ajan, eikä valmista tuntunut tulevan. Systeemit eivät pelannet toisten virastojen järjestelmien kesken. Sellainen huononnus oli Rauhan mielestä tapahtunut, että ministeriön omasta tietohallintoyksiköstä olivat lähteneet, tai siirretty muualle, myös entiset tukihenkilöt. Enää ei tahtonut saada apua mistään tietoliikenneongelmiin, vaikka apua olisi kaivannut entistä useammin. Mikäli toinen kahdesta tietokone-ekspertistä suostuikin tulemaan paikalle, hän vain tiuski Rauhalle ja todisti tämän olevan tyhmempi ja osaamattomampi kuin toiset sihteerit. Joskus koneet seisoivat koko päivän, koska ulkomaailmasta kohdistui hakkereiden tekemiä vihamielisiä hyökkäyksiä valtioneuvoston tietohallintoon. Serverit kaatuivat tiheään tahtiin. Sellaisena päivän ei pystynyt juuri muuta tekemään kuin arkistoimaan ja muuten järjestelmään nurkkiin kertyneitä paperipinoja.

Organisaatiouudistuksessa olivat kaikki Rauhan vihamiehet, joita hän ei kylläkään vihannut, saaneet ujutettua itsensä parempaan virkaan ja saaneet valtaa sekä palkkaa lisää. Entinen pomo, samoin kuin nykyinenkin, saivat johtajan tittelit (mihin he olivat aina pyrkineetkin) ja palkkaa tonnin verran lisää kuukaudessa. Kehittämisihme sai uusia alaisiakin, jotka olivat nuorehko mies ja ystävällinen keski-ikäinen nainen. Tiedonjulkistajista tuuraaja Henriikka Pöntinen yleni virallisesti päällikkötasoon. Henriikka oli edellisenä kesänä viettänyt häitään kotipuolessaan Tuppukylässä Vilppu Susikorven kanssa, kaikkien yllätykseksi. Kihlaus Untamon kanssa oli purkautunut, koska Untamo vain oli liian untelo. Rakkaus Vilpun kanssa oli leimahtanut uudestaan edellisenä syksynä heidän yhdessä tehtaillessaan piparkakkutaloja. Vilppu oli käytännön mies. Kesäisissä häissä oli Seidi ollut laulamassa, niinkuin aikaisemmin oli sovittu, mitä väliä, vaikka sulhanen olikin vaihtunut! Seidi oli ihmetellyt Rauhalle maalaisten meininkejä, hänet oli majoitettu aittatasoiseen majoitukseen ja kaikesta oli pitänyt maksaa itse.

Seidi ei ollut enää ministeriössä, vaan oli joutunut siirtymään yksityiselle sektorille töihin, kun ei ollut saanut vakituista virkaa. Ehkä hänen kaltaiselleen näyttävälle ja taiteelliselle nuorelle naiselle se olikin parempi vaihtoehto. Saatuaan päällikön vakanssin palkankorotuksineen Henriikka oli välittömästi ruvennut tehtailemaan lapsia, tietenkin miehensä Vilpun avustuksella. Kolme poikaa syntyi nopeaan tahtiin, eihän hän nyt tyttöjä olisi suostunut tekemäänkään. Poikien nimet olivat: Aatos, Eetos ja Paatos, niin Rauha oli kuullut. Hedelmällisyydellään Henriikka järjesti itselleen kymmenen vuoden virkavapaan päällikön tehtävistään äitiys- ja vanhempainlomain avulla. Vilppu oli siirtynyt pois ministeriöstä, johonkin muuhun virastoon, korkeampaan virkaan. Eikä Untamokaan ollut niin untelo, ettei olisi saanut nimitystä osastonjohtajaksi pienempään naapuriministeriöön ja ulkonäöltään palannut entiseen virkamieslookiinsa. Fanni oli pysynyt entisessä tiedonjulkistajan vakanssissaan, mutta löytänyt eräällä haastattelukeikallaan erittäin korkean virkamiehen valtakunnan huipulta. Mies oli huomattavasti vanhempi ja naimisissa, mutta se oli ollut menoa, kun Fanni hurmasi hänet nymfimäisellä viehätysvoimallaan. Lemmenparille syntyi kaksi tytärtä nopeaan tahtiin, Maria ja Luisa. Perhe muutti rapakon taakse miehen viran takia, joten Fannikin oli pitkällä virkavapaalla. Molemmat määrätietoiset tiedonjulkistajat olivat sitten saaneet, tai pikemminkin ottaneet sen, minkä katsoivat itselleen kuuluvan, ensinmainittu hyvinpalkatun viran lisäksi suuren perheen ja toinen rikkaan ja vaikutusvaltaisen miehen ja pienemmän perheen.

Se viriili ja poikamaisen näköinen korkea virkamies oli organisaatiomylleryksessä tullut yllättäen Rauhan päälliköksi, Elmaa ja Kehittämisihmettä ylemmäksi. Mukanaan hän oli tuonut haareminsa. Elman hän palkitsi heti ensimmäisenä vuotena ritaritason kunniamerkillä ja Kehittämisihmeestä tehtiin virallisesti neljän alaisensa johtaja, eikä vain päällikkö. Kyllikki Hippokin sai hilattua tittelinsä ja palkkansa korkeammalle, hän ei enää ollut sihteeri ja piti tarkkaa huolta siitä, ettei häntä sellaiseksi nimitelty. Flirtti oli tehnyt tehtävänsä. Viriili ja poikamainenhan oli ollut naisten vietävissä aina, ei hänellä ollut näissä asioissa mitään rajoja, moraalia eikä periaatteita, oli aikaisemmin Kehittämisihmettä ylistänyt homomies sanonut Rauhalle, joka sai pitää entiset työtehtävänsä ja lisääkin annetiin. Kunniamerkeistä tai palkankorotuksesta ei ollut puhettakaan. Sensijaan hän sai kyseenalaisen kunnian olla poikamaista viehätysvoimaa uhkuvan korkeimman päällikkönsä epäsuorien ehdotusten kohteena. Olihan sekin eräänlainen kunnianosoitus.

Ei voinut olla totta! Kukaan ei ollut siltä mieheltä turvassa.
Hah! Rauha ei tajunnut aluksi, mistä oli kyse, ennenkuin miehen haaremissa alkoi esiintyä selvää mustasukkaisuutta, entiset lohduttajat olivat heti tajunneet, että nyt mies oli nyt organisaatiomuutoksessa tulleen vanhan haaskan, Rauhan, kimpussa! Viriili ja poikamainen oli huomannut Rauhan viininhimon yhteisissä epävirallisissa tilaisuuksissa, ja katsonut tämän varmaksi tapaukseksi, jonka palkkaa ei edes tarvitsisi korottaa, vaan jolle riittäisi pelkkä antamisen ilo. "Kiitos ei", ajatteli Rauha, hänellä oli vielä jonkinlainen moraali olemassa, vaikkei muilla sitä tuntunut olevankaan. Mummoseksiä hän ei tarjoaisi. Kiusatakseen miestä ja tämän haaremia, hän löi lisää löylyä kiukaalle, nojaili mieheen lemmekkäästi ja leperteli tälle tuttavallisesti, vaikkei hänellä ollut tarkoitustakaan intiimiin kontaktiin. Oikeastaan hänellä oli aika hauskaa. Toiset naiset istuivat myrskynmerkkinä ja mies elätteli toiveita ylikypsän lihan antamista iloista.

Rauha poistui yleensä tilaisuuksista vähin äänin, paitsi joskus hän humaltui liikaa, sen tähden, että tilanne vain oli hänelle liikaa, jolloin Kyllikki talutti hänet bussille ja palasi sitten jatkamaan oman urakehityksensä edistämistä. Kehittämisihme ei moisesta touhusta tykännyt, vaan alkoi simputtaa Rauhaa entistä ankarammin lähettelemällä sähköposteja ja antamalla epämääräisiä toimeksiantoja. Hän kävi joka aamu töihin tullessaan selostamassa ylemmille pomoilleen, eli vaalealle ja poikamaiselle, sekä Elmalle, mitä Rauha oli taas jättänyt tekemättä ja mitä oli sanonut. Hän vähätteli Rauhan aikaansaannoksia ja vei tältä viimeisenkin mahdollisuuden nauttia siitä mitä teki. Kyllikki asettui pomojen kätyriksi ja valitti näille säännöllisesti Rauhan poissaoloista ja tekemistä virheistä. Ylennyksensä myötä hän oli alkanut myös pomottaa Rauhaa, antamalla tälle töitä, joita oli ennen itse hoitanut. Siten Rauha oli ainut suorittavan tason työntekijäyksikössään ja hänellä oli kolme esimiestä. Ja korkeammat pomot päälle.

Eila Survan menestys oli jatkunut, hänen työtehtävänsä oli erotettu tiedonjulkistamisyksiköstä ja hänelle oli perustettu oma yksikkö, jossa sai huseerata vapaasti. Olipa kannattanut keitellä kansliapäällikölle aamukahveja. Eila oli myös pannut oman elämänsä remonttiin. Hän oli luopunut perheen matriarkan tehtävistä äitinä ja isoäitinä, olihan hän vasta viisissäkymmenissä. Eila oli ruvennut kuntoilemaan, mikä nyt oli viimeinen asia, mitä hänen olisi luullut tekevän, ja ruvennut myös tiukalle dieetille. Pian olivat poissa liikakilot hyllyvine massoineen. Pois oli joutanut myös hänen työtön miehenkutaleensa nuoren ja innokkaan rakastajan tieltä, jonka hän oli löytänyt toisaalta valtionhallinnosta. Ihailija soitteli pitkin päivää Eilalle lemmekkäitä puheluita, ja Eila oli sulaa hunajaa. Hän oli muutenkin uusinut ilmiasunsa, hänen vaatteensa eivät olleet enää peräisin bulgarialaisilta kylämarkkinoilta, vaan hän oli siirtynyt merkkivaatteisiin, olihan hänellä nyt varaa ostaa niitä. Perheen matriarkkana ollessaan hän oli miehensä ja lastensa kanssa lomaillut joka kevät Bulgarian Kultahietikolla. Menneet olivat ne ajat. Nuoren rakastajan kanssa käytiin Thaimaassa kolmen viikon lomilla. Ja saihan sielläkin teettää edullisesti vaatteita oman hoikistuneen vartalonsa verhoksi. Kleopatrakampauksestaan Eila ei kuitenkaan raaskinut luopua, siitä oli vain paranneltu seksikkäillä kiharoilla.

Kyllikin palattua takaisin emännöimään yksikköään, oli hänen pyynnöstään, kielletty Rauhaa osallistumasta enää työn ulkopuolisiin tilaisuuksiin. Olihan Kyllikki paljon edustavampi ja viestintäkykyisempi, eikä mokaillut. Hän ei humaltunut liikaa, vaan oli aina, kuten sanottua, ladylike. Kyllikki halusi myös olla nimenomaan Kehittämisihmeen henkilökohtainen työpari, joten nämä laadukkaat naiset painelivat yhdessä pitkin kaupunkia. Rauhasta oli parempi, mitä enemmän tehokaksikko oli pois toimistolta. Hän yritti liueta liukuvan työajan puitteissa pois, ennenkuin Kehitysihme ehtisi takaisin työhuoneeseensa.

Kyllikki lähti yleensä tilaisuuksista suoraan kotiinsa, sillä hän oli tarkka työajastaan. Vain harvoin Rauhan pakoyritys onnistui. Viimeistään ala-ovella Rauha törmäsi esimieheensä ja takaisin oli lähdettävä ylös kirjoittamaan puhtaaksi jonkin kokouksen muistiinpanoja. Kaikella oli ainä tulenpalava kiire, mitään ei voinut jättää seuraavaan aamuun. Monta viikonloppua meni Rauhalta pilalle, koska ei ollut perjantai-iltapäivänä ehtinyt pois jaloista, ennen Kehittämisihmeen takaisintuloa, vaan oli pitänyt jäädä viiteen asti kirjoitushommiin. Vaikka talossa oli liukuva työaika, jonka puitteissa oli mahdollista tulla töihin aamulla kello yhdeksään mennessä ja lähteä pois iltapäivällä kolmelta, soitti Kehittämisihme monena aamuna Rauhalle jo ennen kahdeksaa: "Oletko aikonut tulla tänään töihin?". Yleensä juna oli myöhässä kyseisinä aamuina.

Rauha sai edelleen paljon kutsuja erilaisiin tilaisuuksiin ja kokoustilaesittelyihin ja kävi niissä eläkepäivinään Turkua ja Tamperetta myöten. Hän ajatteli, että suhteita oli hyvä pitää yllä, vaikkei hän töissä maininnutkaan käyneensä missään. Olivathan tilaisuudet ja matkat ikäänkuin palkanlisää ennen eläköitymistä. Rauha tajusi, että vuodet olivat loppujen lopuksi kuluneet, kaiken pahanolon ja ahdistuneisuudenkin keskellä, nopeasti ja eläkeikä alkoi häämöttää. Eläkelait olivat hänen käsittääkseen muuttuneet vuonna 2005, niin että, koska hän oli osatyökyvyttömyyseläkkeellä,hänen eläkepäätöksensä tulisi jo hänen täyttäessään 63 vuotta. Tosin, taloudellisista syistä hänen olisi pitäisi käydä töissä kuusikymmentäkahdeksanvuotiaaksi asti, saadakseen vähän rahaa säästöön ja eläkettä suuremmaksi. Tuskin hänelle siihen annettaisiin kuitenkaan mahdollisuutta, ainut keino olisi Kehitysihmeen mukaan se, että Rauha palaisi takaisin tekemään viisipäiväistä työviikkoa. Hän oli ajatellut asiaa ja sanonut sitten, ettei hänen kuntonsa paluuta kestäsi. Kaikki ei ollut kiinni rahasta, hän oli tottunut tulemaan vähällä toimeen. Joten, ulos työelämästä sitten vain!

"Vajaatyökykyisille ei ministeriön uudessa organisaatiossa ole mitään sijaa tämän jälkeen!" oli Kehittämisihme julistanut kolkolla äänellä. Rauha jäisi siis ministeriön historian viimeiseksi vajaatyökykyiseksi. Ei ihme, ettei vammaisille, ja muille alentuneesta työkyvystä kärsiville, ollut mitään jakoa yhteiskunnassa, vaikka heidän järjessään ei mitään vikaa olisikaan, kun valtionhallinnossakin meininki oli näin tylyä.

Silloin, kun Rauhalle tuli mahdolliseksi viettää enemmän aikaa kotona, meno kotitalossa äityi ihan mahdottomaksi. Rauhassa ei saanut olla töissä eikä asunnossa, eikä varsinkaan nukkua. Kirous ei suinkaan ollut väistynyt pois hänen elämästään, vaan kiihtyi. Asuintalo oli useimmille asukkaille kai vain välietappi heidän muuttojensa välillä, siltä ainakin tuntui. Joka kerroksessa oli yksi suurempi huoneisto, joissa asukkaat vaihtuivat noin vuoden välein. Ainoat vakituiset asukit Rauhan rapussa olivat ne kaksi pikkuäijää, joista toinen oli himotupakoitsija ja toinen koiranrääkkääjää. Rauha alkoi olla kolmannella sijalla kauimmin asuneista. Tuttu sairaanhoitajakin oli muuttanut pois ylimmästä kerroksesta, joten ystäviä Rauhalla ei talossa ollut. Alimman kerroksen asukkaana hän joutui pahimmin kärsimään kaikenlaisista häiriöistä, eikä aina jaksanut olla huomauttamatta niistä, vaikka yritti sopeutua kulloiseenkin tilanteeseen.

Jossain vaiheessa neljänteen kerrokseen oli muuttanut vaaleaverikkö miehensä ja kahden alle kouluikäisen poikansa kanssa, Rauha oli ajatellut, että siinäpä siistin näköinen perhe. Mutta vielä mitä, avioero oli tullut parin vuoden asumisen jälkeen, ja silloin asianosaisten elämä meni ihan ranttaliksi. Vaimo vaikutti täysin holtittomalta, piti lapsia ulkona lähes jatkuvasti ja ajeli autollaan ties minne hermostuneen näköisenä. Mies, joka oli muuttanut pois, kävi poikia noutamassa onnettoman näköisenä ja antoi näiden sotkea rappukäytävän ja oven edustan. Pojat ruikkivat vesipistooleilla rapussa lattian märäksi ja liukkaaksi ja repivät kukat oven viereisestä kukkapenkistä. Mies vain seisoskeli vieressä vaivaantuneen näköisenä jälkeläistensä touhuihin puuttumatta. Sunnuntaiaamuisin Rauha heräsi jo ennen seitsemää, kun yläkerran kurittomat mukulat huusivat hänen ikkunansa alla karmealla äänellä äitiä. Äiti ei tullut parvekkeelle, eikä kukaan muu asukas huutelusta tuntunut häiriintyvän. Onneksi tämä eronnut rouva poikineen oli muuttanut pois muutama kuukausi avioeron jälkeen. Muutto oli tapahtunut, kuinkas muuten, sunnuntaiaamuna alkaen kello seitsemältä. Rauha oli herännyt karseaan kolinaan ja lasten kimitykseen. Pakettiauto oli pysäköity hänen ikkunansa alle ja sinne roudattiin tavaraa. Ilo perheen poismuutosta jäi lyhyeksi, koska kyseisen rouvan yhtä blondi ystävätär, joka oli asunut toisen portaan kaksiossa kouluikäisen poikansa kanssa, muutti nyt ystävättärensä entiseen, isompaan, asuntoon. Edellisen muuttajan lapset olivat huutaneet naisen pojan nimeä ikkunan alla sunnuntaiaamuisin: "Loopee, Loopee, Loope tuu ulos!" Loope, jota Rauha oli myöhemmin mielessään, tämän kelvottoman käytöksen takia, alkanut kutsua Toopeksi, ei tullut ulos niin aikaisin. Hänen nimensä oli oikeastaan Robert, sillä hänen äitinsä oli suomenruotsalainen, ihana Angelika.

Ennen blondien invaasiota neljännen kerroksen lukaalissa oli asunut pari vuotta etniseen vähemmistöönkin kuuluva perhe. Rauha oli yhtenä sunnuntai-iltapäivänä ollessaan parvekkella näkevinään mustan hameenhelman heilahtavan ulko-oven välissä ja ajatellut nähneensä väärin. Valitettavasti ei. Rauha ei halunnut, ainakaan tietoisesti, olla rasisti, mutta totuus oli, että erittäin rasittavaksi muuttui elämä näiden toisenlaiseen elämänrytmiin tottuneiden muuttajien mukana. Perheessä oli vanhempien lisäksi kaksi teinikäistä poikaa, paksu pikkutyttö ja sekarotuinen koira. Ulko-ovi kävi yötä päivää, usein oven väliin oli laitettu jonkinlainen este, ettei sähkölukko menisi päälle. Pihalla poltettiin tupakkaa ja puhuttiin kovaan ääneen kesäöinä vielä kahden aikaan. Koirakin haukkui jollain vieraalta kuulostavalla koirankielellä. Aamulla vilkas meno alkoi uudestaan, varsinkin viikonloppuisin, kahdeksan maissa. Vanhemmat vaikuttivat melko kunnollisilta, mutta murrosikäiset pojat eivät. He keräsivät kaikenlaista jengiä ulko-oven eteen, heittivät maahan puoliksi syötyjä lihapiirakoita ja juotuja kaljatölkkejä sekä tupakantumppeja ja -askeja. Perheen Isä korjasi joskus pois jälkeläistensä jätöksiä, pyysi jopa anteeksikin. Aikana, jona perhe asui Rauhan talossa, pojat kasvoivat täysi-ikäisiksi, mutta heidän päätyönsä oli kulkea kädet taskussa tyhjän panttina suorissa housuissa ja tummansinisissä villatakeissa ja aiheuttaa kaikenlaista häiriötä tavallisten ihmisten eloon.

Äiti oli muuttanut pois tytön ja koiran kanssa, ilmeisesti väsyttyään miesporukkansa orjatyövoimana olemiseen. Hän oli pessyt koko seutukunnan heimoveljien pyykit viikottain, perjantain ja lauantain välisen yön leiponut kahvileipiä seurakunnan tilaisuuksiin tai myytäväksi. Leivonnaislaatikot asetettiin pihan penkkien päälle lauantaiaamuna kello kahdeksaksi, jolloin niitä tultiin noutamaan suurella joukolla. Sekään ei tapahtunut hiljaisuudessa. Isä oli kait helluntaiseurakunnan jäsen. Eräänä vappuaattona oli ala-aulan ilmoitustaululla ystävällinen, harakanvarpain kirjoitettu kutsu: "Tervetuloa vappuseuroihin meille neljänteen kerrokseen. Laulua ja todistuksia." Rauha ajatteli, että mitähän todistuksia siellä jaettaisiin, hänellä oli kuitenkin toisenlainen vapunvietto mielessä.

Kerran, kun Rauha palasi kesälomilta, hän huomasi, että etnisen porukan nimi oli hävinnyt aulan nimitaulusta ja tilalla oli toinen sukunimi. Rauha huokaisi helpotuksesta, mutta ei tietenkään olisi pitänyt. Vaikka jokin vaikutti alussa rauhalliselta, ei se sitä kuitenkaan pitemmän päälle ollut. Hermoheikon blondin häivyttyä ja Ihanan Anglikan muutettua lukaaliin, tämä oli yksihuoltajana tutustunut paikallisessa kuppilassa, joita kylässä oli useita, lyhyeen, savolaista sukujuurta olevaan Pertsa Nysväseen. Pertsalla oli edellisestä suhteestaan kaksi tytärtä, jotka asuivat äitinsä luona, mutta viettivät viikonloput isänsä kanssa. Ollessaan viikonloppuisin Pertsan ja Angelikan holhottavina, he kutsuivat Angelikaa suomeksi "äidiksi". Pariskunnalla oli siis yhteensä kolme lasta, kun Angelika alkoi odottaa kaksosia.

Rauha ajatteli, että olivatkohan kaikki Suomen miehet häntä itseään lyhyempiä, koska ainoat miehet, joita naiset nykyään saivat kumppanikseen olivat vihonviimeisiä tumppeja. Vai olivatko lyhyet ainoita kunnollisia, perhe-elämää haluavia miehiä? Lyhyet miehet oli Kyllikillä ja Kehitysihmeelläkin. Rauha olikin leukaillut, että jos hän ei saisi itseään pidempää miestä, hän olisi mielluummin ilman lopun ikäänsä. Ja tottahan se oli, hän ei ollut koskaan pitänyt arvossa lyhyitä miehiä, vaikka eihän koiraa ollut karvoihin katsomista tässäkään asiassa. Historia oli vain todistanut, mitä tyranneja pienet äijät olivat. Lyhyen varren takia piti miehuutta todistella vallanhimolla ja hirmuteoilla. Kaikki tunsivat napoleon-kompleksin. Kyllä maailmassa myös pitkiä miehiä oli, Minä-Minä -maassakin. Näillä ei vain ollut tarvetta todistaa kyvykkyyttään millään alalla, siihen malliin, kuin lyhyillä käppänöillä. Pitkät olivat luontaista johtaja-ainesta. Ulkonäkö antoi heille lyhyiltä miehiltä puuttuvaa arvovaltaa. Rauhan mielestä Angelika olisi kyllä saanut paremmankin miehen, mutta sitoutumishalua ei ehkä paremmilta löytynyt. Angelika oli kuin suoraan kaimastaan kirjoitettujen romaanien kannesta temmattu, pitkät vaaleat kullanhohtoiset kiharat ja kauniit kasvot.

Rauha oli aikoinaan lukenut kaikki Serge ja Anne Colonin kirjoittaman Agelica-sarjan kirjat huimine seksiseikkailuineen. Tämä suomenruotsalainen Angelika oli hieman tukeva vartaloltaan, mutta ilmeisesti nuorempana hän oli ollut todellinen kaunotar. Nyt sulotar oli neljissäkymmenissä. Pertsa oli muuttanut Angelikan neljän huoneen lukaaliin siinä vaiheessa, kun Angelika jo odotti heidän yhteistä lastaan, tai lapsiaan. Puolen vuoden kuluttua syntyivät kaksostytöt Daniela ja Petronella. - Angelika oli hyvin itsetietoinen nainen, joka piti itseään, jos ei nyt aivan talon omistajana, niin kuitenkin talon valtiattarena, jolla oli yksinomaisessa käytössään niin pyykkinarut Rauhan ikkunan alla, kuin kahden talon yhteisen pihan hiekkalaatikot, pöydät sekä penkit. Pihan pöydän ääressä saattoi juoda päiväkahvit toisten rouvien kanssa, tai ruokkia koko suurperheensä Pertsan tultua töistä. Siinä oli sitä paljonpuhuttua yhteisöllisyyttä! Yleensä, kun Angelika kulki hyökkäysvaununsa kanssa pihalla, perää pitivät seurueessa myös lyhyenläntä Pertsa ja keskenkasvuinen Toope. Joka aamu rouva pesi kaksosten pyykit ja ripusti täysliputuksen päivän ajaksi, sekä illalla nouti kuivat pyykit, kesäaikaan. Pertsa ja Toope avustivat. Talviaikaan täysliputus oli talon kuivaushuoneessa, sellainenkin oli, vaikka pesutupaa ei ollutkaan, niinkuin vanhemmissa taloissa.

Kun tytöt kasvoivat, koko talo sai seurata parvekkeiltaan heidän kävelyharjoituksiaan, eivätkä kenellekään voineet jäädä tietämättä kaksikon nimet, kun Angelika niitä päivän mittaan moneen kertaan huuteli. Varoitushuudot kuuluivat kiinniolevien ikkunoiden ja ovienkin läpi. Lyhyenläntä Pertsa oli todellinen naaraslauman valtias, olihan hänellä entuudestaan kaksi tytärtä ja nyt vielä kaksoistyttäret ja heidän kaunotaräitinsä. Todelliset rakastajat tekivät vain tyttöjä, oli Rauha kuullut sanottavan. Angelikan poika, Toope, oli lähinnä vain kyllästynyt. Kun Toope oli tarpeeksi vanha, hänelle ostettiin mopo, kuten myös isäpuolelleenkin. Mopot nakottivat vierekkäin parkkipaikalla, mahdollisimman lähellä Rauhan makuuhuoneen ikkunaa. Herätys oli arkisin viimeistään seitsemältä, vaikka ei olisi tarvinnut töihinkään mennä, koska Pertsa pärisytti mopoaan tillistellen Rauhan ikkunaan päin niin kauan, että näki tämän heränneen ja nouseen ylös.

Rauhan viereinen asunto oli myös suuri perhelukaali, jossa asukkaat vaihtuivat keskimäärin kerran vuodessa. Taas kerran tullessaan reissusta, hän huomasi, että kuluneen viikon aikana viereiseen oveen oli ilmestynyt outo ovikoriste. Hän katsoi nimikilpeä, jossa olikin uusi nimi: Moilanko. Kävi ilmi, että perheen blondi äiti (taas) oli ihanan Angelikan tuttava. Aluksi perhe vaikutti ihan harmittomalta, kaksi kouluikäistä poikaa harrasti jotakin urheilulajia aktiivisesti ja isä oli yläkerran Pertsan veroinen hyypiö. Viikonloput ja arki-illat poikia roudattiin urheiluharrastustensa pariin. Äiti oli hyvin urheilullisen näköinen, vaikka tupakoikin. Sunnuntai-iltaisin treeneistä tultua, äiti pesi koko urheiluseuran pyykit ja ripusti ne narulle, sitten kun ihana Angelika oli omansa pois korjannut. Pari vuotta meni ihan sopuisasti, hymyiltiin ja tervehdittiin.

Pojat tulivat kuitenkin nopeasti murrosikään ja Toope jäi heidän rinnallaan todelliseksi pyhäkoulupojaksi. Entiset urheiluharrastukset vaihtuivat pojilla moottoriurheiluun, heillekin hankittiin jotkin rämät mopot, joita he pärisyttivät pihalla vuorokauden ympäri. Ulko-oven edessä pojat korjasivat mopojaan, toisesta valui runsaasti öljyä maahan. Rauha ajatteli, sen olevan turvallisuusriski, koska tupakoitsijat heittelivät samoilla paikoilla tumppejaan miten sattui. Hän ei kuitenkaan jaksanut asiaan puuttua, koska tilanne ei härinnyt muita, olkoon! Perheen isä, joka vaikutti hidasjärkiseltä, osti oikean moottoripyörän, jota säilytti kellarikäytävässä ja silloin kun otti rakkineen käyttöönsä, pärisytti sitä ankarasti Rauhan ikkunan alla kukkapenkissä! Eihän siinä moni kasvi muutenkaan menestynyt, mutta kiusallaanko hän sen teki, vai oliko hän oikeasti niin tyhmä? Kerran Rauha sanoi parvekkeeltaan tälle yli-ikäiselle pärinäpojalle, että eikö mies voisi mennä kauemmas ikkunoiden luota, koska hänen makuuhuoneensa ikkuna oli siinä ihan yläpuolella.

Mies teki sen johtopäätöksen, että Rauha oli niin laiska, että makasi päivät pitkät kämpässän ja vielä kehtasi tulla valittamaan. Moottoriharrastuksen lisäksi molemmat vanhemmat olivat ruvenneet poikien kasvettua ryyppäämään. Perheen ennen niin mukava äiti ei enää pessyt urheiluseuran pyykkiä, vaan imi tupakkaa hermostuneen näköisenä ulko-oven pielessä. Ei ollut puhettakaan, että hän olisi opastanut poikiaan menemään muualle mopojaan korjaamaan ja päristämään. Usein äiti tuli myöhään öisin reissuiltaan kotiin. Hänet kuskasi aina yhtä aivoton blondi, kuin ennen Angelikaa yläkerrassa asunut hermoheikko perheenäiti. Nainen pysäköi auton parkkipaikalle ikkunoiden alle pitkät valot päällä, jotka osuivat nukkuvaa Rauhaa suoraan silmiin, kiinniolevan säleverhon läpikin.

Viikonloppuina vanhemmat häipyivät mökille kaljakoriensa kanssa. Pojat järjestivät silloin koko yön kestäviä bileitä, ulko-oven välissä oli taas jokinlainen tuppo, joten rapusssa oli avoimet ovet nuorison tulla. Rauha oli monesti soittamassa poliiseja paikalle, mutta naapurisovun takia ei sitä tehnyt. Jos oli ennen kärsinyt unettomuudesta, nyt tilanne oli sellainen, etteivät naapurit antaneet Rauhalle rauhaa minään vuorokauden aikana, paitsi ehkä arkipäivisin hetken keskipäivällä.

Kaksiossa Rauhan toisella puolella oli asunut muuten mukava nuoripari kahden pienen lapsen kanssa, paitsi, että isä tupakoi parvekkeella. Yllättäen he vaihtoivat asuntoa yksinhuoltajanaisen kanssa, jolla olla kaksi alakouluikäistä lasta. Taas yksi blondi lisää rappuun. Mutta tämä äiti ei ollut kaunis, niinkuin Angelika, eikä urheilullinen, niinkuin toinen naapuri ennen retkahtamistaan. Hän oli nuorehko rahvaanomaisen pullea nainen. Heti muuton jälkeen nainen potki palloa pienellä pihatilkulla, sen verran hän harrasti ruumiinkulttuuria, lastensa kanssa. Tulos oli se, kuinkas muutenkaan, että pallo jysähti Rauhan ensimmäisen kerroksen parvekkeelle. Koko perhe tuli Rauhan ovelle palloa noutamaan. Rauha ei ilahtunut palloista parvekkeellaan, eikä sanottavammin vierailustakaan. Nainen huomasi sen ja alkoi välittömästä vihata naapuriaan. Kuitenkin he rapussa tervehtivät muodollisesti ja Rauha sanoi jonkun sanan lapsille. Kunnes, eräänä viikonloppuna, ennen kuin nainen löysi uuden avomiehen, tämä nautti ystävättärensä kanssa virvokkeita parvekkeellaan. Rauhan ja naapurin parvekkeet oli erotettu toisistaan vain ohuella seinällä.

Oli lämmin elokuun yö ja, koska ei saanut nukuttua, Rauha istui omalla puolellaan kynttilää poltellen. Naiset taas polttivat tupakkaa omalla parvekkeellaan. Kun naapuri oli tullut tarpeeksi humalaan, hän alkoi solvata ystävättärelleen Rauhaa, sanoen tämän piereskelleen parvekkeella ja syytänyt muitakin syytöksiä, joista Rauha ei saanut kunnolla selvää, koska mopot pörisivät pihassa. Rauha järkyttyi jonkin verran, mutta ajatteli, että tottahan se oli, hänen krantulle ruoasulatukselleen ei juuri mikään ravinto tuntunut sopivan. Kauhean hävettävää.

Meteli naapuriparvekkeella loppui sillä kerralla siihen, että yläkerran mies, se jolla oli koira, komensi naisia omalta parvekkeeltaan olemaan hiljaa, koska kello oli jo paljon. Naiset lähtivätkin kylille ja naapurin rahvaanomainen blondi sai iskettyä itselleen uuden miehen (lyhyen), joka muutti yhteistalouteen oman koiransa kanssa. Sen jälkeen asunnosta alkoi kuulua meteliä seinän läpi. Rauha ajatteli olevansa todella kirottu, eihän kenelläkään voinut näin huono tuuri olla, ettei missään saanut levätä, ei kotona eikä töissä. Hänen pelkkä olemassaolonsa kirvoitti kaikkialla muut vaikka minkälaiseen kiusantekoon.

Kesäisin Rauha lähti usein molempina viikonlopun päivinä pois kotoa, hänen ei enää tarvinnut siivota lauantaisin, läheiselle uimarannalle tai kaupungin puistoihin ja muihin virkistyspaikkoihin. Hautausmaalla oli erityisen vilpoisaa kuumana kesäpäivänä. Terasseilla hän istui vain harvoin. Usein hän otti eväät mukaan, istui ulkona ja nautti alkukesällä lintujen laulusta ja luonnon tuoreesta vihreydestä. Vanhapoika-veljensä kanssa hän kävi kerran vuodessa Suomenlinnassa. Siellä nautittiin viinibrunssia kalliolla tai nurmikolla istuen. Rauha pakkasi mukaan picnic-tarvikkeita, viinin lisäksi kahvia ja calvadosta, omatekoista pizzaa, pari tomaattia ja pikkuleipiä. Kun Rauhan poika oli ollut pieni, he olivat käyneet saarella aktiivisesti, mukana Rauhan veli tai senaikuinen poikaystävä, jos sattui olemaan. Kauppatorilta oli ostettu herneitä ja mansikoita evääksi. Poika oli halunnut koluta kaikki tunnelit ja käytävät, myös tykeistä hän oli pikkupoikien tapaan kiinnostunut.

Suomenlinna oli paikka, josta löytyi jokaiselle jotankin kesäaikaan, oli kahviloita ja ravintoloita, historian havinaa ja uimarantakin. Olisihan siellä voinut talvellakin käydä, erityisesti joulunaikaan, mutta ei vain tullut lähdettyä. Silloinhan oli liukastakin. Ei kallioilla kiipeily ja ympäri saarta kävellen kiertely ollut mitään herkkua nivelrikkoiselle kesälläkään. Rauhalla oli monesti niin kovat kivut, että piti istua jalkoja lepuuttamaan vähän väliä kasvoilla tuskainen ilme. Mutta, saihan olla ulko-ilmassa, ei omalla parvekkeellan tupakan ja bensan katkuja hengittämässä. Kesä oli aina kesä, ja elämä tuntui silloin helpommalta, olosuhteista huolimatta. Lupiinit kukkivat sinisin ja vaaleanpunaisin kukinnoin ja koiranputket rehottivat valkeina pilvinä.

Kauniimmista maisemista ja leppoisemmista olotiloista kotiin palaaminen oli yhtä tuskallista kuin töihin lähtökin. Rauhan mielestä kotitalon näkemisen olisi pitänyt aikaansaada rinnassa läikähdyksen: "Tuolla on minun kotini!" Niin ei ollut, vaan sydän tykytti ja verenpaine nousi pysäkiltä kotitaloa lähestyessä: mikähän meininki pihalla olisi meneillään ja kenet hän kohtaisi? Ainakin tupakankäryttäjän parvekkeellaan ja ihanan Angelikan klaaneineen. Sitäpaitsi tupakankäryttäjä oli liittynyt Angelikan klaaniin ja istui usein perheen pihan pöydän ääressä. Rauhan täytyi vain painua vähin äänin ovesta sisään.

Kun Rauha oli tajunnut eläkeikänsä lähestyvän, elettiin 2000-luvun ensimmäisen kymmenluvun viimeisiä vuosia. "Kuinkas tässä näin pääsi käymään", ihmetteli Rauha itsekseen, vastahan uusi vuosituhat alkoi! Siitä näki, että kurjissakin olosuhteissa aika kului vääjäämättä. Menneiden vuosien aikana Rauha oli valunut töissä suorittajasta alisuoriutujaksi. Kyllä hän yritti annetut hommansa hoitaa, vaikka ei hän enää oikeasti välittänyt. Joskus Kehittämisihme, tuo suloinen pikkumyy, huusi suoraa huutoa hänen ovellaan. Rauha ei antanut epäreilun esimiehen häiritä heiveröistä henkistä tasapainoaan. Hän ei enää mennyt mukaan kieroon peliin, niinkuin silloin tiedonjulkistamisyksikössä oli tahtomattaan luisunut. Ei hänellä ollut mitään mahdollisuuksia niissä peleissä pärjätä. Sitä paitsi hän oli liian laiska, hän oli tullut tekemään työtä, voimat eivät riittäneet pelaamaan ihmissuhdepelejä. Valehtelemaankaan hän ei oppinut, se ei hänen mielestään kuulunut toimenkuvaan. Mistä hän edes muistaisi minkä version mistäkin asiasta hän oli kenellekin kertonut, jos muunnettua totuutta alkaisi puhumaan?

Kerran kun Kehittämisihme röyhelöhameissaan ja suurissa korvakoruissaan oli raivonnut hänelle, jostakin Rauhan mielestä vähämerkityksellisestä asiasta, hän oli mennyt Elman luokse ja sanonut, ettei senlaatuista johtamista pitäisi enää 2000-luvulla olla, eikä sitä pitäisi varsinkaan sallia. Elma oli vain kohautellut olkapäitään, milloinpa hän olisi henkilökunnan puolia pitänyt. Hehän olivat Kehittämisihmeen kanssa kavereita, pitivät omia palavereitaan ja punoivat juoniaan suljettujen ovien takana. Rauha ja muutkin saivat sitten tulla tuntemaan heidän palavereidensä tuotokset. Kyllikistä Elma piti, koska tämä oli niin hyvä vanha työntekijä ja hienostunut. Ei haitannut, vaikka Kyllikki ei osannut ruotsia eikä muitakaan kieliä, niiden osaaminen ei kuulunut hänen toimenkuvaansa, hänen palkkaansa oli korotettu reilusti ilman kielilisiäkin.

Kehittämisihmeen yksikköön organisaation muutoksen yhteydessä pakotetut, itse he eivät olleet hakeneet, nuorehko mies ja keski-ikäinen naisylitarkastaja olivat jonkin kuukauden ajan touhua seurattuaan hakeneet virkaa muualta valtionhallinnosta ja häipyneet vähin äänin liian meluisalta käytävältä. "On siinä johtaja", ajatteli Rauha naispuolisesta esimiehestään, kun tajusi, että hänen jäädessään eläkkeelle tälle jäisi vain yksi alainen, Kyllikki, joka myös oli jäämässä eläkkeelle parin vuoden sisällä. Kyllikki oli käsityöläisisänsä perijätär ja menestyvän yksityisyrittäjän vaimo, jonka ei tarvinnut taloudellisista syistä ajatella työuran pidentämistä. Olihan hänen työurallaan sitä paitsi pituutta vaadittavat neljäkymmentä vuotta samassa paikassa, eikä aukkoja ollut, paitsi pari äitiyslomaa, jotka olivat lyhyitä menneinä vuosikymmeninä.

Tuottavuusohjelman takia Rauhan tilalle ei otettaisi ketään, vaan hänen virkansa lopetettaisiin. Rauha oli ihmetellyt suureen ääneen sitä, että miksi tuottavuusohjelma vaati erottamaan aina matalapalkkaisimmat virkamiehet, eikö korkeampipalkkaisten laittaminen eläkkeelle olisi säästänyt enemmän ministeriön rahoja? "Ei ei, Rauha", hänelle oli vastannut se viriili ja poikamainen suuri johtaja, "Kyse ei ole rahasta, vain henkilötyövuosia pitää vähentää!" Jaahas, eipä sen puoleen, ajatteli Rauha, hirveän paljon avustavaa ikääntynyttä henkilökuntaa ministeriössä kyllä olikin, joten ehkä oli hyvä, että heidän määräänsä vähennettiin. Asiantuntijoiden olisi sitten opittava itse hoitamaan matkalaskunsa ja muut toimistotehtävät asiantuntijuutensa ohella. Sihteerit olivat muutama vuosi sitten vierailleet vastaavassa ministeriössä Virossa, jossa tietotekniikan edelläkävijänä, oli parillasadalla asiantuntijalla päällikköineen käytössä vain viisi sihteeriä. Kaikki taloon tulevat asiakirjat skannatiin ja jokainen virkamies itse hoiti, ilman sihteerin apua, myös toimistotehtävänsä. Mutta, Rauhan ministeriössähän oli vielä vanhan ajan johtajia, jotka eivät suostuneet tietotekniikkaa opettelemaan, sen kummemmin kuin lähtemään eläkkeellekään. Heillä täytyi olla omat sihteerit.

Kansliapäällikkö, urheilullinen Julle Julkio oli todellakin väsähtänyt organisaation muutoksessa ja huippuenergisen ministerin pyörityksessä. Ministerit tulivat ja menivät ja edustivat eri puolueita, mutta virkamiehet pysyivät. Julle aikoi jatkaa vielä seuraavan viisivuotiskauden, vaikka lähestyi jo kuuttakymmentä. Kyllä hän tästä virkistyisi ja jaksaisi hyvin painaa vielä töitä yhteiskunnnan huipulla. Vallasta luopuminen oli vaikeaa ja mitä hän sitten tekisi, jos ei saisi joka aamu tulla virastoonsa? Nykyisessä väsymyksen tilassaan hän oli kuitenkin kaatunut pyörällään ja katkaissut koipensa. Kaikki ymmärsivät hänen tilanteensa ja soivat hänelle ilomielin tervetulleen katkon töistä, eli kuuden viikon sairausloman. Kehittämisihme, joka oli luulotellut itselleen olleensa kansliapäällikön oikea käsi, vaikka tosiasiassa hän oli yksi syy tämän väsymykseen, kävi tervehdyskäynnillä Jullen sairasvuoteen vierellä Rauhan entisen pomon kanssa. Hehän olivat Jullen enkeleitä. Tiedossa oli, että Kehittämisihme pommitti ylintä esimiestään jatkuvasti omilla, talon mittakaavassa pienillä, asioillaan.

Rauhan entinen pomo oli nyt oikea johtaja, Kehittämisihmeesen verrattuna, koska hänellä oli viitisentoista alaista. Fanni ja Henriikka loistivat vielä poissaolollaan ministeriöstä perhesyidensä takia, Eila oli oman yksikkönsä ja kahden alaisensa määrätietoinen päällikkö ja Lilja oli hakeutunut toiseen yksikköön. Tiedonjulkistajien panosta oli lisätty uudessa organisaatiossa, joten uusia alaisia oli Pomolle tullut poissaolijoiden tilalle. Nämä uudet alaiset olivat (useimmat, ei kaikki) niin päteviä, että hoitivat oman työnsä ohella Pomonkin hommat. Joten, hän sai huoletta käydä pitkillä lounailla, kaikenlaisissa kissanristiäisissä, sillä pitihän jonkun edustaa ja pitää hyviä suhteita yllä. Ja risteilyilläkin kavereidensa kanssa saattoi aikaansa viettää, ilman että hankalat alaiset pilasivat juhlamielen. Kaikki hyvin Wuoden Gimmalla! Punatukkaisen Hilpan urakehitys sen sijaan oli pysähtynyt, hänen palattuaan takaisin aviomiehensä luokse. Hän oli saanut elämänkokemusta, jota vaille oli nuoruudessaan jäänyt ja tajunnut, miten turvallinen ja rakastava aviomies hänellä oli ollut. Hilppa oli palannut takaisin kotiinsa ja mies oli ottanut hänet ilomielin takaisin, eikä avioerosta sen koommin puhuttu.

Eläkkeelle jäädessä oli tapana pitää lähtijälle läksiäiset, korkeimmille talon piikkiin ja alemman tason porukalle keräysvaroin. Rauha oli ilmoittanut, että kun hän lähtee, ei ole syytä pitää läksiäisiä. Jos ne nyt kuitenkin pidettäisiin, hän tulisi vain, mikäli kukaan ei lausuisi runoja. Sitä varsinkaan hän ei halunnut, että Kehittämisihme loistaisi runonlausuntataidoillaan, niinkuin tällä oli tapana läksiäisissä kuin läksiäisissä. Masentavia tilaisuuksia. Tapana myös oli, että eläkkeelle lähtijä piti pois kesälomansa ja muut lomapäivänsä ennen läksiäisiä, joten monet häipyivät pois toimistolta jo pari-kolme kuukautta ennen kuin heidän työsuhteensa loppui. Useat olivat myös sairauslomalla koko eläköitymistään edeltävän vuoden ja liukuivat sieltä sitten eläkkeelle. Niin oli tehnyt se parrakas henkilöstöosaston rouvakin, vaikka olikin sairauslomansa aikana tehnyt monia ulkomaanmatkoja. Palkka hänelle oli maksettu normaalisti, eikä kukaan puuttunut asiaan, koska hän oli Elman suosiossa.

Rauhalle Kehittämisihme oli tehnyt selväksi, että tämän oli oltava viimeiseen päivään asti käytettävissä työpaikallaan ja hän järjestikin Rauhan viimeiseksi työpäiväksi ennen lomaa seminaarin, jonne juoksutti tätä vähän väliä. Istuessaan työpöytänsä ääressä tämä vastaanotti lukuisia tekstareita Kehittämisihmeeltä, joka oli seminaarin puheenjohtaja. Viestit piti toimittaa edelleen tarjoilujen hoitajalle: "Hei, teetä saisiko lisää?" "Voisiko joku tuoda tilkan maitoa? Voitko antaa palautetta, että maitoa pitää jatkossa olla reilusti." - "Hei, kahvikuppeja ei taaskaan ole kerätty, vaikka oli tunti lounastaukoa. Nyt likaiset astiat ajelehtivat pitkin pöytiä. Nämä asiat tulee aina tsekata tauolla. Ei ole minun asiani koota kuppeja. Sinun olisi pitänyt käydä tauon aikana tarkistamassa tilanne!" Kehittämisihme myös ilmoitti, että Rauhan oli tyhjennettävä työhuoneensa jo lomalle lähtiessään, koska voisihan olla, että joku tarvitsisi huonetta lähiaikoina. Rakennuksessa oli useita tyhjiä työhuoneita paremmillakin paikoilla, kuin Rauhan vetoinen kämppä, joten hän kertoi taas Elmalle, mitä hänen esimiehensä oli sanonut. Elma piti sillä kertaa, ihme kyllä, hänen puoliaan.

Mutta vielä oli eläköitymiseen vuoden päivät, Rauha oli kuvitellut tilanteen vain mielessään, ja niinhän kaikki todellakin kävi, sitten aikanaan. Huoneen hän kävi tyhjentämässä tultuaan lomalta, omalla ajallaan. Kulkulupa piti luovuttaa samalla, enää ei ollut taloon tulemista.

Oli kuuma kesä, todellinen vuosisadan hellekesä, vuosituhannen kuumin tähän asti. Alkaneella vuosituhannella oli ehtinyt jo olla useampia kuumia kesiä, ilmastonmuutos kai teki tekosiaan. Parvekkeen ovea täytyi pitää auki häiriötekijöistä huolimatta öisinkin. Hoitokissa, joka tuntui olevan varsinainen kissasuvun Metusalem, lähentelihän se jo kahdenkymmenen vuoden ikää, makasi ympärivuorokautisesti parvekkeella tähystyspaikallaan. Sillä oli siellä saunakiulussa vettä, jolla sammuttaa janoaan. Pieni kippo ei siinä kuumuudessa riittänyt.

Ihana Angelika oli palannut äitiyslomaltaan töihin, hän oli myös töissä jossakin valtion virastossa, sen Rauha oli saanut selville työmatkallaan junassa. Ei Anglika hänen kanssaan suvainnut keskustella, vaan jonkun työkaverinsa kanssa. Naiset olivat istuneet Rauhan lähellä ja Rauha oli kuullut heidän puheensa. Iltaisin ja viikonloppuisin kuitenkin pihassa oli kaikunut "Daniela ja Petronella", kun Angelika oli Pertsan kanssa ulkoiluttanut laumaansa. Mutta, Rauha oli myös nähnyt pariskunnan roudaamassa kaljakoria kaupasta viikonloppuisin, joten esimerkillinen perheestä huolehtiminen ansiotyön ohella näytti vaativan veronsa.

Rauhan seinänaapureiden elämä oli mennyt entistä enemmän hunningolle, vanhemmat kännäilivät jo täysiaikaisesti. Saman elämäntavan olivat oppineet pojatkin, vaikka pörräsivätkin vielä mopoillaan entiseen malliin. Angelikan esikoinen Toope oli ilmeisesti pakotettu tekemään työtä ylöspitonsa edestä, joten hän jakoi mainoksia vanhoista lapsenrattaistaan. Sillä alueella oli jakelussa paljon ilmaislehtiä ja mainoksia, kaksi kertaa viikossa. Muuten niin kunnollinen, vaikkakin huonokäytöksinen Toope, joka ei vastannut tervehdittäessä, ei tainnut olla kiinnostunut työstä. Usein, kun Rauha tuli töistä, olivat lastenrattaat lehtilasteineen seisomassa ala-aulassa ja jotkut olivat levittäneet lehtiä pitkin lattiaa. Meni pari päivää, ennenkuin

Toope sai lehtiniput jaettua omassa talossaan, siinä vaiheessa Rauha oli jo lukenut lehdet, koska oli ottanut ne suoraan lastista. Epäkiitollista työtä ilmaislehtien jakelu olikin, Rauha tiesi sen omasta kokemuksestaan. Hänkin oli pakottanut oman poikansa aikoinaan ottamaan homman yhdeksi kesäksi. Poika oli ollut moisesta työstä vielä vähemmän kiinnostunut kuin Toope. Eikä siinä monta euroa käteen jäänyt, vaikka työ oli raskasta. Rauha oli niputtanut lehtiä parina iltana viikossa kädet painomusteesta tummina ja sitten ylipuhunut poikansa jakamaan valmiit niput. Aina se ei ollut onnistunut, vaan hän oli käynyt lehdet vielä itse jakamassakin. Kesän jälkeen Rauha oli antanut periksi ja jakelutyöstä oli luovuttu. Nyttemmin Rauhan poika oli koulunsa käynyt ja perustanut oman yrityksen. Hän oli ollut pienestä pitäen organisaattori ja johtajaluonne, toisin kuin äitinsä. Hän majaili edelleen ulkomailla uuden avovaimonsa kanssa, jonka akateemiset opinnot olivat vielä kesken.

Touho Kuuppa oli löytänyt miehen internetistä, antanut oman rivitalo-osakkeensa vuokralle ja muuttanut miehen luokse naapurilähiöön. Eronnut mies oli majaillut siellä kahden aikuisen lapsensa ja koiransa kanssa. Lapset olivat pikapikaa itsenäistyneet ja muuttaneet muualle, kun Touho oli tuonut asuntoon oman värikkään sekamelskansa ja ruvennut komentelemaan nuoria aikuisia. Vähäpuheinen mies tuntui olevan tyytyväinen kaikkeen, mitä Touho sanoi ja teki, ja sehän oli tietysti tärkeintä. Pari kertaa vuodessa Touho järjesti suuret juhlat tuttavilleen, jolloin mies istui hiljaa jossain nurkassa, koira halusi olla kaikkien kaveri ja Touhon kissa vetäytyi joko sängyn alle tai parvekkeelle. Touho näytti valokuviaan, videoitaan ja tekemiään käsitöitä. Joskus Rauha meni juhliin, vaikka eihän hän siellä juuri ketään tuntenut, mutta koira tunsi hänet ja tuli heti eteisessä tervehtimään. Mies tuntui kammoksuvan vieraista aivan erityisesti Rauhaa, joka ei yleensä bileissä kahvinjuontia kauempaa viihtynytkään.

Touho oli leiponut kaikenlaisia erikoisia leivonnaisia, enemmän kuin vanhan ajan seitsemän sorttia.

Rauhan tuttavista Molla oli laitettu eläkkeelle jo ennen Rauhaa, vaikka oli häntä pari vuotta nuorempi. Rauha ajatteli, että ei ihme, sellainen sairauslomien pito ei olisi missään muualla onnistunut, kuin kunnan töissä. Tuntui, että Molla oli pois töistä ainakin puolet vuodesta, joka vuosi. Tietysti se alkoi vaikuttaa hänen palkkaansakin. Rauha ajatteli, että eittämättä liikalihvuus oli syy ystävättären sairasteluun. Vaikka mikäpä hän oli sanomaan, ylipainoa sairauksineen oli hänelläkin. Toisaalta, sairastelu sai Bennon pysymään Mollan luona, koska mies oli niin velvollisuuden tuntoinen, ettei voinut jättää sairasta avovaimoaan. Rauha oli huomannut, että muillakin vaimoilla sairaus ja sairastelu olivat vallankäyttömuotoja. Kun ikää tuli, eikä ulkonäkö ollut enää viehättävä, oli olemassa vaara, että mies löytäisi nuoremman. Mutta, jos oli päivänselvää, ettei vaimo mitenkään pärjäsi ilman miestään, äijät jäivät vanhojen vaimojen vierelle.

Tosin, Bennolla oli ollut yksi harha-askel ja Rauhakin oli joutunut selvittelemään syntynyttä kriisiä pari vuotta sitten. Tuolloin Molla ei ollut vielä ihan yhtä lihava, joten hän pystyi yksinään matkustamaan tyttärensä luokse Britanniaan. Hän oli ollut poissa kolme viikkoa, jonka ajan Benno oli viettänyt yksinään Suomessa. "Ammattilaistason" oluenjuojana ja tupakan polttajana mies oli tietenkin viettänyt suurimman osan ajastaan paikallisessa pubissa. Benno oli pariin kertaan soitellut Rauhallekin ja pyytänyt tätä baariin, mutta kun ei Rauha tupakoinut eikä juonut olutta, oli hän kieltäytynyt kunniasta. Benno oli verevä ja vielä nuorehko mies, joten kyllä hän oli pubista seuraa löytänyt. Valitettavasti seuralainen oli tartuttanut häneen ikävän taudin, mikä oli selvinnyt Rauhalle myöhemmin, Bennon kerrottua siitä hänelle. Ei Benno sitä ollut itsekään heti tajunnut, vaan

Mollan palattua oli ilmoittanut tälle löytäneensä uuden naisen. Siltä seisomalta oli Molla antanut miehelle lähtöpassit pariskunnan kaksiosta.

Uusi seuralainen, joka ei todellakaan ollut nuori ja kaunis, vaan alkoholin pöhöttämä rupuinen viisikymppinen daami, ei ollut halukas Bennoa majoittamaan. Hän asui Espoossa aikuisen tyttärensä kanssa. Benno seisoi hädissään Rauhan ovella ja kertoi hänelle tilanteensa. Jostain syystä hän syytti Mollaa tapahtuneesta ja vaati Rauhaa ottamaan hänet edes tilapäisesti luokseen. Se ei sopinut Rauhalle, hän ei todellakaan halunnut olla mukana senlaatuisessa kolmiodraamassa. Hän tarjosi Bennolle pari hoitokissanomistajalta saamaansa tölkkiolutta, sekä pyysi tätä etsimään jostakin muualta majapaikan. Hän soitti myös Mollalle puhuakseen Bennon puolesta, mutta ystävätär kieltäytyi ehdottomasti ottamasta miestä takaisin. Loppujen lopuksi uusi naisystävä oli ottanut miehen pariksi yöksi asuntoonsa, mutta kun tälle oli paljastunut saamansa tauti, hän oli lähtenyt vihoissaan pois ja romanssi oli tyrehtynyt siihen. Sen jälkeen Benno oli majaillut muutaman viikon ties missä, nukkunut joskus pakettiautossaankin, joka hänellä oli bisnesten takia. Erinäisten keskustelujen jälkeen Molla oli ottanut miehen takaisin, mutta vain kämppiksenä. Seuraavana vuonna suhde oli palautunut, ainakin Rauhan mielestä, entisiin uomiinsa.

Rauha oli vielä mukana työelämässä, kun tilanne hänen kotirapussaan huononi ratkaisevasti. Huoltofirma ei tuntunut enää huolehtivan rapun siivouksesta, kerrostasanteilla olevat ikkunat olivat niin paksun töhnän peitossa, ettei niistä nähnyt ulos, joskus ennen niin kiiltävä ala-aulan lattia oli tahmea ja mustien läikkien peitossa, roskat pysyivät siinä, mihin ne oli heitetty, ei Rauhakaan enää välittänyt niitä noukkia. Hissi haisi suoraan sanoen kuselle. Koska sähkölukko ei mennyt iltaisin automaattisesti lukkoon, rappuun pääsi vaikka mitä puliveivareita yötä viettämään ja sotkemaan paikkoja. Oltiin kuin missäkin slummissa. Eräänä viikonloppuna Rauhan mitta tuli täysi.

Naapurin pariskunta oli taas lähtenyt viettämään laatuaikaa mökilleen ja murrosikäiset mopoilijapojat, jotka tosin näyttivät jo aika miehekkäiltä, oli jätetty viettämään viikonloppua perheen lukaalissa. Heti perjantai-iltana alkoi biletys, äänekäs musiikinsoitto ja jatkuva ramppaaminen portaissa. Lauantain ja sunnuntain välisenä yönä Rauha oli jo niin rauhaton ja raivoissaan, että hän kertoi sähköpostissa kaiken isännöitsijälle aamuyöllä kahden aikaan (poliisia hän ei silloinkaan kutsunut): naapurien jatkuvan kännäilyn, poikien biletyksen, moottoripyörän säilytyksen kellarikäytävässä, jatkuvan mopojen pärinän ja öljyn valumisen pihalle sekä yhteisten tilojen siivottomuuden. Isännöitsijä oli melko ikävä mies, johon ei mielellään otettu yhteyttä, mutta nyt Rauha näki hetken tulleen, jolloin hän kertoisi kaiken.

Rauha oli myös lauantaina pihalla valitellut poikien biletystä ja naapureidensa touhua muutenkin eräälle naapurille. Alati paikalla ollut ihana Angelika oli sen kuullut ja kertonut Rauhan naapureille, omille tuttavilleen, näiden kotiuduttua, että naapurin akka oli valittanut perheen toimista. Seuraavana päivänä oli naapurin rouva tullut toisen nuorukaisen kanssa pyytämään anteeksi ja vakuuttanut, että vastaava ei toistuisi.

Rauha ei ollut sanonut mitään, ei varsinkaan sitä, että oli ottanut isännöitsijään yhteyttä. Sen viikonlopun jälkeen Rauha oli tajunnut, ettei hän nykyisessä asunnossaan voisi eläkepäiviä viettää. Oli kulunut melkein vuosikymmen rasittavissa merkeissä sekä töissä että kotona. Hän ei enää kestänyt! Rauhaa Rauhalle piti jostakin löytyä.

Ihme kyllä, isännöitsijä oli ottanut valitukset tosissaan. Rappukäytävään tulivat siivoojat, jotka pesivät ikkunat ja jynssäsivät lattiat viikon välein. Ilmoitustaululle tuli ukaasi moottoripyörien ja mopojen pysäköinnistä, säilytyksestä ja naapurien huomioonottamisesta. Ja niinhän siinä kävi, että kun Rauha saman syksyn aikana tuli viikon syyslomaltaan, hän huomasi, että omituinen ovikoriste oli hävinnyt naapuriovesta ja kun hän katsoi nimeä, se oli tyystin toinen kuin entinen. Ennen matkalle lähtöä hän oli nähnyt naapurin naisen ulko-oven pielessä tupakalla laihan ja riutuneen näköisenä. Rauha oli tervehtinyt normaalisti, mutta nainen ei ollut vastannut. Lomalta palattuaan Rauha oli tajunnut, että porukka oli saanut kuin saanutkin häädön.

Tapahtuneen jälkeen ihana Angelika alkoi osoittaa mieltään ja syytti, että Rauhan hoitokissa naukui parvekkeella liian kovaa ja pudotteli ruokiaan ja karvatuppujaan alas jne. Ihan sama oli Rauhalle mokoman sulottaren vihoittelu. Tietenkin myös Pertsa ja Toope, joka ei enää jakanut lehtiä, olivat mukana vihanpidossa ja kiusanteossa. Kiusaajien kesken vallitseva solidaarisuus oli Rauhalle perin tuttua jo työelämästä.

Tajuttuaan, että eläkkeelle jäämiselle oli konkreettinen päivämäärä lähitulevaisuudessa, ja että olot asuintalossa olivat käyneet mahdottomiksi, Rauha oli päättänyt muuttaa pois heti, kun jäisi eläkkeellä. Hän vaihtaisi maisemaa. Rauha oli jo aloittanut uuden kotipaikan etsiskelyn. Hän, joka yleensä ei tiennyt mitään, eikä osannut päättää mitään, tiesi nyt varmasti mitä haluaisi. Näitä ihmisiä hän ei enää jaksanut sietää, eikä näitä katuja tallata, ei sen enempää, kuin olisi pakko käytännön asioiden hoitamiseksi. Hän haluaisi kodin tornitalosta jostakin pienestä rannikkokaupungista. Hän oli käynytkin eri suunnilla useissa sievissä ja tunnelmallisissa pikkukaupungeissa viikonloppureissuilla. Niissä oli saanut kävellä vaikka kuinka hitaasti katuja pitkin vanhoja puu- ja kivirakennuksia ihaillen. Toreilla oli ollut välitön tunnelma ja paikalliset ihmiset olivat olleet aidosti kiinnostuneita muukalaisesta. Erilaisia murteita oli puhuttu.

Rauha oli ajatellut, että eipä ollut tarvetta matkustaa ulkomaille kohdatakseen ihan erilaisen elinympäristön ja elämäntavan, kuin mihin hän oli tottunut. Kotitaloksi sopivaa rakennusta hän ei ollut vielä kohdannut, mutta ehkä sitä ei vielä ollut rakennettukaan. Se voisi olla ihan uusikin, silloin putket olisivat kunnossa ja siellä olisi helppoa elää elämänsä loppuun. Talo sijaitsisi loivalla kalliolla ja sen ylimmässä kerroksessa olisi jonkinlainen torni. Rauhan asunnossa tornissa olisi suojaisa ja muista irrallaan oleva parveke, josta hän tarkkailisi elämänmenoa alapuolellaan. Hän kirjoittaisi havaintojaan muistiin, ehkä hän kirjoittaisi jonkinlaiset muistelmansa. Kaikkihan nykyään kirjoittivat ja olivat halutessaan kirjailijoitakin, enää ei tarvinnut kirjoittaa pöytälaatikkoon. Kustantamojen ylivalta oli sortunut siinä vaiheessa, kun ihmiset olivat tajunneet, ettei heidän tarvitsisi enää lähetellä käsikirjoituksia sinne tänne vain palautettavaksi bumerangina takaisin, vaan, he voisivat itse julkaista omakustanteisia teoksia.

Eihän vanhemmalla iällä enää ollut kyse rahan hankkimisen, vaan itsensä ilmaisemisen ja muistojen purkamisen tarpeesta. Joskus, jos jaksaisi, niin kauan kuin hänellä olisi liikuntakyky tallella, Rauha laskeutuisi tornistaan alas ihmisten joukkoon. Enää ei olisi pakko lähteä ulos päivittäin toimittelemaan arkisia asioita, kuten käymään ruokakaupassa. Rauha oli lukenut, että oli perustettu verkkoruokakauppa, ehkä useampiakin. Hän tilaisi netistä kerralla viikon ruoat ja voisi sitten syventyä rauhassa kirjoitushommiinsa. Saattaisihan hän sitäpaitsi pitää yhteyttä harvoihin tuttuihinsa sähköpostitse (olettaen, että se toimisi ja että joku olisi tullut asentamaan hänen tietokoneensa, mutta eiköhän se rahalla järjestyisi) ja puhelimitse, mutta vain silloin, kun hän itse haluaisi.

Eläkkeellä hän ei olisi aina tavoitettavissa. Hän olisi erilainen muori. Hän unohtaisi kaiken sen pahan, mitä hänen elämässään oli ollut ja ajattelisi vain valoisia ja seesteisiä ajatuksia kaikessa rauhassa, ilman mitään terapioita. Enää ei olisi kiire. Enää ei olisi allergisia oireita, kutiavaa ihottumaa selässä ja rinnassa, vetistäviä silmiä, poskiontelon tulehduksia, päänsärkyjä eikä toisten aiheuttamaa tupakkayskää. Hän ei enää olisi henkilö. jolle vain tapahtuisi kaikenlaista ikävää. Hän muuttuisi objektista subjektiksi. Enää hän ei olisi kenenkään juoksutyttö. Hänestä tulisi loppujen lopuksi johtaja: oman elämänsä johtaja! Rauhan entinen mies Reiska oli räyhännyt: "Mikä ihmeen prinsessa luulet olevasi? Herää nyt jo todellisuuteen!" Mutta ei, hän ei tyytyisi enää olemaan prinsessa, vaan hän olisi oman elämänsä kuningatar. Kunintatar naisten joukossa. Siihen asti, kunnes hän vain nukkuisi pois omassa yksinäisyydessään, kenenkään häntä kaipaamatta. Hänen poikansakaan tuskin muistaisi hänen olemassaoloaan.

Kukaan ei tietäisi hänen kuolleen, koska torninhuoneiston hajut eivät haittaisi naapureita. Ja tuskin hän kuolleena edes lemuaisikaan, vaan sitten joskus, hänen kuivettunut muumionsa kannettaisiin pois. Kenenkään ei tarvitsisi surkutella ja päivitellä tapahtunutta, sillä hänen muistiinpanoissaan lukisi, että hän oli ollut elämänsä viimeiset vuodet onnellinen ja tyytyväinen elämäänsä. Ja, että lopun tultua hän oli ollut valmis, mitään ei ollut jäänyt tekemättä. Eikä ketään tarvinnut syytellä. Vaikka hänen aikansa päättyisi, maailmasta ei aika loppuisi. Kanssaihmiset jatkaisivat omaa elämäänsä hänen poismenoaan huomaamatta. Ja myöhemmin syntyisi uusia sukupolvia, joilla ei olisi aavistustakaan siitä, että maapallolla oli joskus elänyt luuseri, tai miksi silloin kutsuttaisinkaan elämässään epäonnistuneita, jonka nimi oli Rauha Laumanen.

"Omakustanteet pysyvät rehellisinä itselleen."
(*Katariina Parhi Kaltio3/2007*)